Labyrinthe

(Sauter le pas, tome 2)

Olivia Sauveterre

Labyrinthe
(Sauter le pas, tome 2)

Un roman *feel good* inspirant

© 2024 Olivia Sauveterre (Visionary Words)
Édition : BoD • Books on Demand GmbH, In de Tarpen 42, 22848 Norderstedt (Allemagne)
Impression : Libri Plureos GmbH, Friedensallee 273, 22763 Hamburg (Allemagne)

Couverture : Julia Périnel - Fox Graphisme
Correction : Yarig Armor – French Book Translation

ISBN : 978-2-3225-0753-5
Dépôt légal : Septembre 2024

SAUTER LE PAS

Une série de 6 romans *feel good* pour jeunes adultes

À paraître en 2024-2025

Tome 1 : *Rêverie*
Tome 2 : *Labyrinthe*
Tome 3 : *Kintsugi*

Prologue

Vendredi 8 décembre, Vieux Lyon

Sous ses semelles compensées, le béton vibre au rythme lancinant des lignes de basse.

Les bras levés, Sophie entrouvre les lèvres pour susurrer les paroles du morceau de dark électro qui fait remuer la foule.

Alors qu'elle s'abandonne à la musique, elle sent une main lui saisir le poignet. Dénués d'agressivité, les doigts lui paraissent longs et fins comme ceux d'un artiste.

Un pianiste ?

Un écrivain !

Elle ouvre brusquement les paupières, découvrant un visage familier.

Tout s'évapore autour d'eux.

— J'espérais te trouver ici, lui souffle Jérôme à l'oreille sans lui lâcher le bras.

— Tu es venu voir les *freaks* ?

— Je suis venu te voir. Tu ne cesses de m'esquiver.

Pour exprimer son pouvoir, elle libère son poignet et fait un pas en arrière.

Incertain, Jérôme s'immobilise comme s'il cherchait à l'apprivoiser.

— Je voulais juste passer un peu de temps avec toi.

— Je ne vois pas pourquoi.

— Ah non ?

Une barrière invisible s'élève entre eux et soudain, elle a du mal à respirer.

Le plafond voûté de la boîte *underground* pèse des

tonnes.

La gorge trop nouée pour parler, elle tourne les talons et bat en retraite vers les marches qui la mèneront à la sortie.

Au vestiaire, elle récupère son pull et son manteau qu'elle enfile à la va-vite. Au bas de l'escalier, Jérôme la dévisage d'un air inquiet.

Le videur lui ouvre la lourde porte métallique et l'air frais lui donne l'impression de revivre.

— Tu remontes à la surface ?

Encore oppressée, Sophie décoche un regard acéré à Jérôme qui s'est faufilé à l'extérieur en même temps qu'elle.

— On dirait que tu reprends ta respiration après être restée sous l'eau trop longtemps. Tu es claustrophobe ?

— Pas particulièrement, mais dans ce genre de soirées, ils y vont un peu fort avec les fumigènes.

— Je ne savais pas à quoi m'attendre, pour être honnête. C'est la première fois que je viens.

Sentant toujours des picotements dans les doigts, Sophie observe sa tenue. Sous son épais manteau brun, il porte un pull noir surmontant un jean de la même couleur. Sa ceinture en cuir est ornée d'une grande boucle métallique. Il a fait un effort.

— J'ai essayé de m'intégrer, dit-il d'un air penaud.

En dépit du bon sens, elle a beaucoup de mal à se détourner de ses prunelles noisette.

— Désolée, mais je file. Je travaille ce week-end.

Sur un hochement de tête, elle carre les épaules et se met en route pour sortir de la petite allée.

— Je peux te raccompagner jusqu'à ton arrêt de tram, propose-t-il.

Déboulant dans une des rues principales du Vieux Lyon, Sophie regarde autour d'elle. Elle repère plusieurs passants et la vitrine d'un restaurant bondé. Au-dessus de leurs têtes, des guirlandes lumineuses s'entrecroisent.

Elle se retourne vers Jérôme et lui fait signe de la suivre d'un geste brusque du menton.

Il ne se le fait pas dire deux fois.

— Tu vas mettre un lumignon à ta fenêtre en rentrant ? demande-t-il au bout de quelques secondes.

— Pardon ?

Il tend un doigt effilé vers les bougies qui décorent le rebord des fenêtres. Quand ils s'engagent dans une rue un peu plus sombre, leur éclat vacillant évoque l'ambiance feutrée d'une cathédrale.

— C'est ma première fête des Lumières, avoue-t-elle. En première année de licence, j'étais remontée voir mes parents et l'année dernière, je bossais.

— Tu viens de loin ?

L'éternelle question...

— Ma famille s'est installée en Normandie quand j'avais six ans et demi, dit-elle en accélérant le pas.

Quelque chose la gêne. Une intimité qu'elle trouve trop désirable. Elle ne voudrait pas céder à son attrait. Toutefois, les mains dans les poches de son manteau, Jérôme l'écoute avec attention.

— J'ai toujours vécu à Lyon, confie-t-il. J'ai la chance d'avoir un appart avec de grandes fenêtres. Je peux écrire à la lumière du soleil.

Se le représentant attablé devant ses feuillets, Sophie se rend brusquement compte qu'elle ne lui avait jamais accordé l'opportunité d'enchaîner plus de trois phrases en sa présence.

Elle a toujours érigé une muraille comme celle qu'elle essaye désespérément d'invoquer tandis qu'il se rapproche pour la frôler du coude.

Involontairement, elle ralentit et finit par s'immobiliser, tenue en joue par ces yeux noisette qui ne quittent pas les siens.

— Pourquoi me fuis-tu, Sophie ?
— Je… je suis occupée.
— Tu es occupée ?
— Je…

Sans violence, il lui caresse la nuque.

— Tu n'as pas besoin d'ériger des murs avec moi, Sophie.

Il s'avance pour l'embrasser et pour la première fois, elle fait aussi un pas vers lui à la lueur des cierges.

Chapitre 1

Samedi 22 décembre, Granfleur, appartement des Owusu

Serrant fort les paupières, Sophie se masse les tempes. Sa migraine, apaisée par le roulis du train depuis Paris, refait son apparition.

Debout sur le seuil de la cuisine, sa grande sœur Mercy discute avec leur mère qui remue le contenu d'un wok avec une cuillère en bois. Une bonne odeur épicée se propage jusqu'au salon où Kwasi, son petit frère, est assis sur le canapé en compagnie de Liam, qu'elle a eu la surprise de rencontrer à la gare. Ses tresses lui retombant devant les yeux, l'ado fait défiler son portfolio sur l'écran de l'ordinateur posé sur la table basse.

— Ça, ce sont des affiches que j'ai réalisées pour un pub du centre-ville. Là, c'est une idée d'avatar. Et ça, c'est le logo du groupe de musique d'un pote.

Au même âge, Sophie aurait secoué la tête sans y croire, mais vu le succès de Nozinabook, le blog littéraire qu'elle tient avec Cendre, elle ne va pas reprocher à Kwasi de vouloir décrocher les étoiles. Elles non plus n'avaient pas songé qu'un jour, leur hobby allait faire d'elles des références nationales.

Émue, elle traverse la pièce pour aller s'asseoir à côté de son amie qui, comme tous les ans, est préposée à l'emballage des cadeaux de dernière minute.

— Mets ton doigt ici, dit la jeune femme rousse en pointant le menton.

Mais avant que Sophie n'ait le temps de bouger, Cendre envoie valdinguer le dérouleur de scotch d'un geste maladroit. En tentant de le récupérer, elle enfonce une des dents métalliques sous son ongle. Son cri de douleur attire l'attention de Liam.

— Tout va bien, le rassure-t-elle en fourrant son doigt dans sa bouche. Je suis empotée, c'est tout.

Kwasi affiche un sourire goguenard.

— Liam, puisque vous êtes en couple, il faut bien que quelqu'un te prévienne. T'as capté qu'Objectif Lune est une catastrophe ambulante ? C'est à cause de ses romans Fantasouillemeuf, elle a toujours le nez dedans.

— C'est Fantasifemme ! protestent plusieurs voix en même temps.

Kwasi cligne des paupières d'un air si ahuri que Sophie s'esclaffe en cachant sa bouche derrière sa main. Elle se reprend quand elle surprend le regard fugace de Cendre.

— Désolée, lui dit-elle en aparté, c'est juste que je n'avais plus l'habitude de rigoler comme ça, en groupe. Ça fait du bien de te revoir.

— Ah bon ? Tu m'inquiètes.

— Pourquoi ?

— Eh bien, tu m'as dit que tu croulais sous le travail, que la seule chose qui marche, c'est les photos et qu'en plus, tu as une fille de la fac sur le dos.

— J'ai dit tout ça ?

— Oui, sur Skype et par textos.

— Contente de voir que tu tiens les registres…

Elle se demande pendant quelques secondes si elle ne devrait pas se confier, mais elle ne voudrait pas gâcher l'ambiance festive.

— Ce n'est pas très grave. C'est juste la fatigue. Et effectivement, il y a bien une meuf qui me rend la vie dure en ce moment… ou plutôt depuis ma première année, même.

— Tu ne l'as jamais précisé, ça !

La voix de Cendre est si aiguë que Sophie craint qu'elle

n'ameute toute sa famille. D'un geste de la main, elle lui intime de baisser le ton.

— Ne t'inquiète pas. On en discutera plus tard. Parlons plutôt du fait que tu nous ramènes un amoureux à la maison pour la première fois.

De toute évidence, Liam ignorait encore tout de la vie sentimentale désastreuse de Cendre, car il relève brusquement la tête vers elles, ses joues adoptant une teinte aussi rubiconde que ses cheveux.

Observant le mouvement, Kwasi décide contre toute raison de se lancer dans une explication.

— Tu sais, Liam, à force de vivre dans ses Fantasouillefemme, Cendre a tendance à ne pas voir qu'il existe des hommes très bien, même s'ils ne portent pas de kilt.

— Merci de t'intéresser à ma *life* ! proteste la jeune femme rousse.

Kwasi poursuit comme si elle n'avait rien dit.

— Maintenant, c'est ma sœur qu'il faudrait caser. Elle a déjà les études, la célébrité en tant que mannequin, la beauté du corps et de l'esprit... il ne lui manque plus qu'un homme.

— J'espère que tu ne lui mettras pas de bâtons dans les roues quand elle se trouvera enfin quelqu'un, l'accuse soudain Mercy.

— Hé, je ne t'ai rien fait !

— Pas à moi, non.

La réplique est sèche et Liam, visiblement mal à l'aise, s'essuie les mains sur son jean en cherchant Cendre du regard. Un mouchoir enroulé autour de son doigt blessé, celle-ci hausse les épaules et interroge son amie en silence.

— Aucune idée non plus, *Ash*.

Le poing calé sur une hanche, Mercy s'est déjà retournée

vers la cuisine.

Sophie ressent un violent coup au cœur quand elle réalise qu'elle a raté tant d'épisodes qu'elle ne comprend même plus les dynamiques au sein de sa famille. Son frère, ses sœurs, ses parents, Cendre, Jérémy… elle a laissé leur vie défiler à son insu pour partir suivre son propre chemin.

Pendant une seconde, elle se sent très seule.

Brusquement, la porte d'entrée se referme et dans le vestibule, quelqu'un fourre les pieds dans des tatanes en poussant de petits soupirs las. Toute mélancolie oubliée, la jeune femme se redresse d'un bond.

— Sophie, *darling* ! s'exclame son père en pénétrant dans le salon. Mon plus beau cadeau de Noël ! J'étais au restaurant des Otu pour les aider à tout mettre en place pour le réveillon.

Il se dirige tout droit vers elle.

— Papa, on a quelqu'un à te présenter, s'interpose Kwasi alors que M. Owusu serre Sophie contre lui.

Même sans ses plateformes, elle est si grande qu'il est obligé de caler le menton sur son épaule pour ne pas étouffer.

— C'est bon de te revoir, sourit-il. Cela dit, tu aurais dû attendre Gifty à Paris pour que vous fassiez le voyage ensemble. Tu sais qu'on n'aime pas que vous preniez le train toutes seules.

Les larmes lui brûlant les yeux, Sophie hoche énergiquement la tête sans vraiment entendre ce qu'il dit. Elle ne sent que ses bras autour d'elle.

— Hé, tu ne m'écoutes pas ! proteste Kwasi.

— Non, je t'écoute, répond M. Owusu en se penchant pour faire la bise à Cendre. Comment vas-tu ? Tu t'es blessée ?

— Rien de grave, dit-elle en levant son doigt enveloppé

dans un Kleenex. C'est juste que…

Elle n'a pas le temps de finir que M. Owusu aperçoit le géant roux dressé devant son canapé. Celui-ci s'essuie les paumes sur son jean et s'avance en tendant la main.

— Bonjourrrr. Je m'appelle Liam McKellen. Je suis… hum…

— Oui ?

— C'est le mec de Cendre, précise Kwasi à sa place.

Mme Owusu sort la tête de sa cuisine.

— Et on est tous ravis de le rencontrer.

— Ravis, oui, dit son mari en se grattant la tempe. Cendre ne nous avait encore jamais présenté personne. Sophie non plus, d'ailleurs. Ah, ah !

Un étrange silence s'installe, puis M. Owusu cesse de dévisager Liam d'un air curieux, affiche un large sourire et s'éclipse pour aller chercher les assiettes dans la cuisine.

— Les garçons, débarrassez la table basse et sortez la nappe, les interpelle Mercy.

Elle semble captivée par l'écran de son téléphone portable sur lequel elle pianote depuis vingt minutes.

— Ton mari arrive quand ? s'enquiert Sophie.

— Demain, en fin d'après-midi. Il déjeunera avec ses parents à Rouen puis il prendra le train. On se retrouvera à l'Airbnb.

— Je vous ai dit que vous auriez pu rester ici et dormir dans ton ancienne chambre, proteste leur père qui revient dans la pièce les mains chargées de serviettes et de couverts.

Pendant ce temps, Kwasi déroule la nappe sur la table basse. Le sourire que l'ado adresse au jeune couple frappe Sophie en pleine poitrine. Sa circonspection initiale a cédé la place à une amitié sincère.

Identifiant une pointe de jalousie, elle érige rapidement de nouvelles murailles autour de son cœur, bannissant le fantasme de Jérôme rencontrant sa famille, dans ce salon, à la place de Liam. Elle l'imagine en train de prendre une boulette de riz dans le plat avec ses longs doigts de poète. Lui aussi discuterait de *street art* avec Kwasi. Lui aussi ferait pétiller les yeux de son père. Lui aussi…

Non, se réprimande-t-elle. *Arrête avec ton* crush *d'adolescente. C'est simplement un mec sur qui tu flashes depuis deux ans et que tu as embrassé une fois. Pas la peine de se faire des films.*

— Tu restes pour Noël, alors ? demande M. Owusu à Liam qui amène des carafes d'eau à table.

— Oui, mais je repars juste après dans ma famille, à Édimbourg. Je reviendrai voir Cendre début janvier.

— Vous êtes ensemble depuis longtemps ?

— Nous… Je…

— En fait… commence Cendre alors que Kwasi les dévisage tour à tour comme s'il assistait à une épreuve olympique de ping-pong.

Amusée, Sophie les laisse se dépatouiller et va dans la cuisine pour aider sa mère.

Chapitre 2

Dimanche 24 décembre, restaurant de la famille Otu

— J'ai besoin d'un autre câble, s'égosille Kwasi aux platines.

Depuis ce matin, il déborde d'enthousiasme. Une cinquantaine de personnes viennent fêter le réveillon et il va pouvoir jouer au DJ sans qu'on l'éjecte de l'estrade. Sophie récite une brève prière pour les oreilles des convives.

— Un, deux, un, deux…

— On t'entend bien, lui crie Mercy qui se tourne vers sa petite sœur en riant. Tu crois qu'on peut lui faire confiance ? Je ne sais pas si son style de musique sera au goût de tout le monde.

— Ne vous inquiétez pas, les filles, dit Mme Otu qui passait près d'elles. On a tout préparé ; il n'aura qu'à appuyer sur un bouton.

— Serwa, vous le connaissez mal, proteste Gifty qui vient les rejoindre. Il ne perd jamais une occasion de faire du bruit.

Avec habileté, elle écarte les corbeilles de pain et les salières pour que la restauratrice puisse déposer son plat sur la table sans rien renverser.

— Installez-vous où vous voulez, *girls*. Les sièges ne sont pas assignés.

Mercy pose son sac sur la place voisine, la réservant pour son mari. Entretemps, Mme Otu a sorti un mouchoir coloré de sa poche pour s'essuyer le front.

— Tout va bien ? s'enquiert Gifty.

Pas besoin d'être étudiante infirmière pour remarquer que la quinquagénaire a l'air hagarde et qu'elle serre les dents. Sachant reconnaître un coup de stress quand elle en voit un, Sophie tend la main vers la carafe.

— Serwa, vous voulez un verre d'eau ?

— Non merci, ma chérie. Je préfère tout mettre en place avant de me poser.

— Vous êtes déjà dans le jus en cuisine ?

— On s'active et on s'en sort pour le moment. Cela dit, ajoute Mme Otu avec un léger embarras, j'aurai peut-être besoin d'aide plus tard, surtout pour le service. Je crois qu'on va tous devoir mettre la main à la pâte.

— En tout cas, merci de nous avoir invités, dit Mercy en désignant Idris du menton. On ne s'était pas retrouvés depuis le mariage.

Posté à l'entrée, l'époux de cette dernière est vêtu d'un costard sur mesure et d'une chemise à col ouvert avec des rayures colorées. Le sourire aux lèvres, il accueille les convives et réceptionne les tupperwares, bouteilles et friandises. Quand il aide une dame à retirer son manteau d'hiver et qu'elle en profite pour flirter un peu avec lui, ses éclats de rire bon enfant ricochent dans toute la salle.

— Ça va être à la bonne franquette, se plaint Mme Otu d'une voix tendue.

Sophie voit que la sueur recommence à perler sur sa lèvre.

— Je peux venir vous aider tout de suite, si vous voulez. J'ai l'habitude de porter des choses lourdes.

— Pardon ? Non, ma belle, on ne va rien porter de lourd, on n'est pas au bagne.

Toutefois, elle capitule vite devant l'air décidé de la jeune femme qui se redresse. Sophie ne sait d'ailleurs pas pourquoi elle ne parvient pas à rester en place. Elle s'était pourtant promis de prendre du temps pour elle et d'arrêter de courir partout, de peur de voir réapparaître la pression douloureuse dans ses tempes.

En vérité, elle n'a jamais été très à l'aise parmi la foule, sans quoi elle enchaînerait les festivals gothiques.

Elle fait bouffer son afro d'un geste machinal.

— J'aime bien ta coiffure, lui souffle Mme Otu.

Son sourire bienveillant dégage une douce chaleur qui fait oublier à la jeune femme la main baladeuse qui s'était égarée dans sa chevelure la semaine précédente, lors d'un trajet en tramway.

— Merci. C'est du boulot pour l'entretenir, mais…

Une note de guitare horriblement discordante déchire les haut-parleurs et Kwasi se lance dans un rap improvisé au rythme des basses.

— Baisse un peu, fiston ! lui crie leur père.

— Non, c'est bien, ça met un peu d'animation, réplique une voix féminine de l'autre côté de la grande salle.

Coiffée d'un serre-tête festif à cornes de renne, Tata Jeannine essaye de remuer ses fesses en rythme, *son* rythme. Elle est si comiquement attendrissante que Sophie réprime un sourire alors qu'elle traverse la pièce.

— Ma grande, l'interpelle Mme Otu depuis la porte battante. Viens te laver les mains.

Ravie d'échapper au tumulte naissant, la jeune femme s'engouffre dans la cuisine.

À en juger par leurs tenues couvertes de taches de graisse, les deux fils Otu sont déjà dans la place depuis un bon moment. Kingsley, l'aîné, est aux fourneaux. Il gère en simultané trois immenses woks et deux fours si chauds que leurs contours ondulent.

— Soph' ! dit Jackson, le plus jeune, en tendant la joue pour qu'elle vienne lui faire la bise. Tu ne me dis pas bonjour ?

— De loin, frère. Je n'ai pas envie de te coller du maquillage partout.

— Sans rancune.

Une fois ses mains lavées, elle noue dans son dos les pans d'un tablier.

— Ta sœur est là ? s'enquiert Kingsley à voix basse quand elle le rejoint.

— Laquelle ?

— Celle qui n'est pas mariée au beau gosse de l'entrée.

Surprise, Sophie cligne des paupières. *Kingsley et Gifty ?* Pour la deuxième fois en deux jours, elle a l'impression d'avoir raté un épisode dans la vie amoureuse de son entourage.

— C'est vrai qu'Idris est séduisant, esquive-t-elle.

— En plus, il est super friqué. Chaud devant ! s'interpose Jackson.

Il passe entre eux à toute vitesse avec une casserole qu'il place aussitôt sous l'eau froide, faisant naître un nuage de vapeur. Pendant ce temps, Kingsley désigne à Sophie quelques tupperwares amenés par les invités. Ils se comprennent sans paroles.

Elle commence à en vérifier le contenu alors que Kingsley brandit sa cuillère en bois vers son petit frère.

— Tu sais, s'il est friqué, tant mieux pour lui... et Mercy.

— Ce serait bien que Gifty se trouve un mec comme ça, balance Jackson avec un regard appuyé.

Un silence de plomb s'abat sur la cuisine et Sophie se mord la lèvre tandis qu'elle transvase le contenu de trois boîtes dans des plats en métal.

— King, commence-t-elle avant de s'éclaircir la gorge, je peux mettre au four directement ou bien tu veux ajouter de l'huile et des épices ?

Le cuisinier s'éloigne de ses fourneaux pour venir humer les plats qu'elle a disposés sur le plan de travail près du petit piano de cuisson.

— Non, c'est bon. Au besoin, chacun pourra assaisonner à son goût. Enfourne, mais reste pour surveiller.

Il lui adresse un clin d'œil et elle ne résiste pas à la tentation de le taquiner un peu.

— Tu sais, je pourrais prendre ta place aux fourneaux si tu veux aller t'asseoir avec Gifty.

Le ricanement amusé de Jackson l'informe qu'elle a touché dans le mille.

— Au cas où tu ne serais pas au courant, lui confie-t-il, Kwasi a surpris leurs textos sur le téléphone de ta sœur et il a envoyé un SMS à mon frangin pour le défier.

— Pardon ? demande Sophie qui a besoin de traduire la situation avec ses propres mots. Alors, si je comprends bien…

— Tourne le bouton du four, s'il te plaît, l'interrompt Kingsley.

Elle s'exécute et se cale contre le plan de travail avant de lever un index pour compter sur ses doigts.

— Premièrement, King et ma sœur ont une relation.

— J'aimerais bien, mais non. Pas vraiment.

De mieux en mieux…

— Deuxièmement, mon frangin a défié Godzilla par SMS interposé.

En entendant ce surnom, Kingsley se redresse de toute sa taille. Avec ses dreadlocks rassemblées en chignon boule sur le sommet de son crâne, il est encore plus grand que Liam.

Toujours interpellée, Sophie ne veut pas lâcher le morceau.

— C'est comme ça que les mecs se prennent le chou à notre époque ? On ne se retrouve plus dans des champs à l'aube pour se tirer dessus avec des pistolets à poudre ?

— Tu as lu trop de romances historiques, ma belle, la chambre Jackson qui va se passer les mains sous l'eau. Enfin, c'est plutôt ta pote Cendre qui fait ça, non ?

— Tu te souviens d'elle ?

Elle est peut-être simplement en train de projeter son propre détachement, mais elle a l'impression que ça fait une éternité que son amie n'est pas venue au restaurant des Otu.

— Bien entendu ! En plus, ma copine la croise souvent dans cette librairie... Celle avec la fille aux cheveux bleus, dans la zone piétonne ?

— Livrindigo ?

— Bingo. On s'est vus là il y a deux ou trois mois. J'ai été obligé de poireauter une demi-heure pendant qu'elles parlaient de cette série avec le beau gosse roux en kilt.

— *Innlander* ?

Alors que Jackson hoche la tête, Kingsley s'écarte enfin des fourneaux, baisse le feu et s'étire. Puis il sourit à sa mère quand celle-ci entre récupérer les dernières corbeilles de pain.

— Je crois qu'on est parés, *Mum*. Tout le monde est là ?

— Oui, ils sont tous assis. On va pouvoir entamer le service. Sophie, tu vas t'installer ? Tu es aussi une invitée.

Ses yeux parcourent le plan de travail débarrassé de tous les tupperwares. Dans le four, les plats réchauffent. L'air visiblement soulagée, Serwa ressort son mouchoir pour s'essuyer le front une dernière fois.

— Je te remercie, dit-elle simplement.

Sophie se sent si bien dans la chaleur et l'intimité de la cuisine avec ses deux amis d'enfance qu'elle n'a pas envie de se replonger dans l'agitation de la grande salle.

— Je préfère rester ici pour vous aider à dresser les plats. Je m'installerai plus tard.

Mme Otu n'a pas la force de protester.

— Comme tu veux. Je vais annoncer en salle qu'on lance le service.

Alors qu'elle franchit la porte battante, Jackson lui crie :
— Dis à Kwasi de baisser un peu. Il nous file la migraine !

Soudain, Kingsley accroche le regard de Sophie avec une intensité qui la déboussole.
— J'ai vu que Cendre s'est trouvé un homme.

Il n'a pas l'air de se soucier de cette information à titre personnel, simplement par curiosité, mais Sophie s'émerveille de la rapidité avec laquelle la nouvelle s'est propagée. Sans chercher à comprendre ses motivations profondes à rétablir l'équilibre de toujours, elle tente de protester.

— C'est tout récent. Je ne suis même pas certaine qu'ils se soient déjà embrassés, révèle-t-elle, tirant un petit éclat de rire à Kingsley. Mais… comment tu l'as appris ?
— Une copine de Maman m'a montré la vidéo qu'ils ont filmée sur Instagram, tu sais, celle avec le… *sporran* ?

Il bute sur le mot et la jeune femme le rassure d'un hochement de tête.
— Oui, la « bourse poilue sur le devant ». Liam est devenu viral pour quelque chose qu'il n'assume apparemment pas de porter.
— Je crois que je n'assumerais pas non plus. Il a l'air sympa en tout cas. Timide. C'est bien pour Cendre, non ?

Elle se remémore les événements de la veille : la grande carcasse de Liam qui s'enfonçait progressivement dans le canapé familial, son sourire réservé, ses gestes nerveux pour tirer sur son pull-over et s'essuyer les paumes, sa discussion ouverte avec Kwasi, son regard qui ne cessait de revenir vers Cendre.

— Oui, il est vraiment super, confirme-t-elle sans la

moindre hésitation.

Elle s'éclaircit bruyamment la gorge quand elle se rend compte que Kingsley ne l'a toujours pas quittée des yeux.

— Quoi ?

— Et toi ? Tu t'es trouvé quelqu'un à Lyon ?

Tu n'as pas besoin d'ériger des murs avec moi, Sophie.

Elle repousse de toutes ses forces le souvenir de Jérôme tout en priant pour que Kingsley ne décèle pas son trouble.

— Ce n'est ni le lieu ni l'heure pour en parler.

— Je vais prendre ça pour un « oui, mais c'est compliqué ».

— Non mais de quoi je me mêle ? réplique-t-elle en haussant les sourcils. Est-ce que je t'en pose moi des questions sur Gifty ?

— Touché !

Il laisse passer un instant de silence puis croise les bras comme s'il cherchait ses mots.

— Tu sais, il y a quelques mois, j'ai vu des photos de toi sur tous les abribus de la ville.

— Ah, cette campagne… Tu m'as reconnue ?

— Ils t'ont photoshoppée à mort ! intervient Jackson qui s'éclipse dans le renfoncement afin de lancer le lave-vaisselle.

— C'est vrai, reprend Kingsley qui la dévisage toujours avec attention. Les parents ont eu du mal à discerner que c'était toi. Perso, j'ai tellement l'habitude de te voir avec ton masque de gothique que j'ai appris à te reconnaître à travers.

Avec un dernier coup d'œil appuyé, il se décolle du plan de travail et tape dans ses mains en lâchant un *let's go* sonore quand sa mère revient en cuisine.

***

Sophie accueille le tourbillon du service avec gratitude.

En dépit de sa fatigue, elle veut rester occupée pour ne pas avoir à songer à Jérôme, à sa famille, aux photos, à la remarque de Kingsley sur le masque qu'elle revêt au quotidien.

Est-ce à ça qu'on reconnaît ses amis ? Ceux qui voient la personne que vous êtes sous vos artifices ?

Avant de servir les desserts, elle se retire dans les toilettes pour rajuster son maquillage. La sueur a fait baver son khôl, lui donnant des airs de panda. Elle décide de tout enlever.

Quelques minutes plus tard, elle observe le reflet de celle qu'elle ne croise que le matin et le soir, dans l'intimité de sa petite salle de bains.

Ça fait des années que les membres de sa famille ne l'ont pas vue sans la moindre touche de maquillage. Elle en tremble presque et se force à inspirer profondément avant de retourner dans la pièce principale où la fête du réveillon bat son plein.

Traverser le chaos sous les guirlandes clignotantes est un parcours du combattant. Des tables ont été poussées pour libérer de l'espace devant l'estrade du DJ et quelques personnes se déhanchent en couple ou en solitaire. En dépit de la neige synthétique et des décorations argentées qui habillent les fenêtres, le rythme du jùjú évoque plus les bals de plage estivaux que l'usine des elfes au pôle Nord.

Un homme lui saisit soudain la main pour la faire tourner sur elle-même.

— Tonton Michael !

Malgré ses protestations, elle se laisse faire en riant puis vacille quand Tata Jeannine lui décoche un coup de fesses énergique.

— Ma puce, tu es super belle sans maquillage ! Je ne

t'avais pas reconnue. J'ai l'impression de revenir des années en arrière !

Cette vérité la fait battre en retraite vers son père qui lui désigne une chaise libre.

— Viens t'asseoir, *darling*. Tu cours partout. Tu travailles déjà suffisamment en plus de la fac.

Elle ne sait pas comment interpréter la tristesse dans sa voix. D'ailleurs, elle lui noue tant le cœur qu'elle refuse de s'y attarder.

Affamée, elle se sert un verre d'eau et chipe un chapati dans un plat quasiment vide.

— Tiens, tu ne vas pas avaler ça tout sec, lui dit Idris en lui tendant un petit bol de sauce.

Mme Owusu braque brusquement la tête vers elle.

— Tu as mangé ce soir, quand même ?

Sophie trouve comique de voir sa mère se figer en plein applaudissement, les bras en l'air, alors qu'en arrière-plan, Kwasi s'égosille dans le micro à intervalles réguliers.

— Oui, ne vous inquiétez pas. Je me suis servi un bol de soupe d'arachide.

— Elle était délicieuse… commence leur père.

— Je vais vous faire danser ce soir ! les interrompt la voix hurlante de Kwasi dans les haut-parleurs.

Idris adresse à Mercy un clin d'œil taquin.

— Il est à fond, ton frère. Ça me rappelle le mariage.

La jeune femme lui donne un coup de coude amical avant de se coller légèrement à lui, provoquant chez Sophie un pincement d'envie.

Elle laisse courir son regard sur les quelques décorations argentées représentant les pins, la neige, les montagnes. Toutefois, en dépit des boules rouges et dorées qui ornent le mini-sapin calé sur le desk d'accueil, elle se sent entraînée loin du froid de l'hiver normand pour revenir à la terre ocre de son enfance, aussi rouge que la chaleur pimentée qui lui taquine les papilles.

Elle n'y pense plus, ces jours-ci, trop occupée à se peindre le visage avant de courir à droite et à gauche.

Elle n'y pense plus, se hérissant même quand on lui pose sans la moindre micro-agression la question de ses origines.

Elle n'y pense vraiment plus quand elle descend dans les boîtes souterraines, le vendredi soir, pour osciller lentement au rythme du rock *batcave* qui la fait voyager dans le Londres des années 1980s.

Elle n'y pense que maintenant, alors que pour la première fois depuis des mois entiers, elle ne se retrouve plus en minorité ethnique, elle ne se distingue plus par son altérité.

— Tata Jeannine, tu déchires tout ! crie Kwasi à leur tante blonde qui remue toujours le popotin de droite à gauche.

— Elle a pris des cours de danse africaine ? demande Idris à Mercy qui se retient visiblement de s'esclaffer.

— Non. Je crois qu'elle brûle des calories en prévision de la bûche aux marrons.

— C'est le dessert ?

— Entre autres, répond Sophie en haussant la voix. Les invités ont apporté toutes sortes de pâtisseries et les garçons sont en train de faire frire des beignets.

— J'espère qu'il y a aussi du pain à la banane. J'adore ça.

— Je ne t'en prépare pas déjà assez souvent ? proteste Mercy.

Assaillie par un souvenir flou, Sophie se déconnecte de la conversation qui devient de plus en plus distante à ses oreilles. Très loin dans le temps, Maman se tient devant la cuisinière d'un appartement trop petit pour eux. Un dictionnaire à la main, elle essaye de communiquer à un jeune homme blanc une liste d'ingrédients. Sophie ne comprend pas encore la langue, mais par la vitre fermée, elle voit se profiler des mois entiers d'une grisaille qui s'immisce dans toutes les cellules de son être, seulement réchauffées par sa rencontre avec son amie aux cheveux de feu.

Madame, Cendre fait la pluie avec ses yeux.

— On tape tous dans ses mains !

Alors, pour oublier la solitude, l'incompréhension, le sentiment d'arrachement, la barrière de la langue qui ont assombri son enfance, elle tape dans ses mains de toutes ses forces jusqu'à ce que penser devienne superflu.

Penser, se souvenir, souffrir. Et cette tache rouge au premier plan de sa mémoire !

— Je vais vous mettre le feu ! On enlève sa chemise et on…

— Kwasi ! hurle M. Owusu.

Sur la piste, les cornes clignotantes de Tata Jeannine dodelinent au rythme de ses éclats de rire.

Chapitre 3

Mercredi 10 janvier, Lyon, 1er arrondissement

Sophie gravit les marches d'un pas pesant. Tôt ce matin-là, les vibrations répétées de son téléphone l'avaient tirée d'un sommeil sans rêves. Épuisée après avoir passé la nuit à faire du réassort à l'entrepôt, elle avait décroché avec l'impression d'émerger d'un trou noir.

Un voile assombrit encore son champ de vision et dès qu'elle pousse la porte de l'appartement bourgeois, elle cligne des paupières devant cet environnement féérique.

Un visage connu vient l'aborder.

— Salut !
— Amandine ?
— Je ne savais pas que tu participais.
— Slávka m'a appelée en urgence pour me dire qu'il manquait une fille.
— C'est super. On ne va pas se faire la bise, mais le cœur y est.
— Il ne vaut mieux pas, en effet. Tu es magnifique.

Arborant une mouche au coin de la lèvre et croulant sous le poids d'une immense perruque Marie-Antoinette, Amandine porte une robe d'époque dont le corset rehausse sa poitrine couverte de poudre ivoire.

Devant cet étalage de peau blanche, l'esprit de Sophie lui hurle qu'elle n'est pas de la bonne couleur pour ce shoot. Elle le bâillonne aussitôt en se remémorant qu'elle voue une confiance absolue à la gérante de son agence de mannequinat.

Un quadragénaire à l'air harassé vient l'aborder.

— Sophie ? Bienvenue. Louis, ton styliste.
— Bonjour.

— Pas besoin de perruque pour toi. Pour ton afro, j'ai un concept superbe avec des rubans et des petits oiseaux en raphia.

Ce flot d'informations la fait bugger.

— Mais d'abord, enfile le costume. On se bouge le popotin ? Ça va prendre dix bonnes minutes.

Louis est du genre volubile. Alors que Sophie se change puis se pose sur la chaise de maquillage qu'on lui a désignée, il enchaîne les commentaires sur le gluten, la guerre dans le monde, la mode des ceintures à grosse boucle, l'impact de l'inflation sur les retraités et la mort d'un couturier célèbre.

Aussi animées que son monologue, ses mains volent de fille en fille. Sophie en profite pour contempler les trois autres mannequins dans les miroirs qui les démultiplient à l'infini alors qu'elles échangent des plaisanteries tout en jouant sur leurs portables.

Elle ressent ce petit moment d'excitation, avant que l'objectif ne sublime la réalité pour l'emprisonner dans une boîte noire qui rendra son image éternelle.

— C'est ce que j'aime dans ce genre de concept, déclare Louis en levant au ciel des yeux dramatiques. Vous avez toutes des personnalités si différentes que j'ai l'occasion de puiser dans le vaste éventail de mon talent.

— Vous êtes prêts ? demande l'assistant du photographe qui passe la tête dans l'encadrement de la porte. Michal voudrait commencer tout de suite.

Les mains de Louis dansent une dernière fois sur les cheveux de Vanessa.

— Mission accomplie. Vous avez bien mis vos portables sur silencieux ? Michal y est très sensible...

Sophie vérifie son téléphone puis se rend dans la pièce principale, prenant garde à carrer les épaules pour que le corset ne s'enfonce pas dans sa peau.

Le salon de style Empire embaume le parfum des roses dont les pétales recouvrent les lattes du plancher.

— On vous a tracé des points de repère à la craie.

Michal les positionne à la façon d'un chef d'orchestre. De toute évidence, il les perçoit déjà comme des statues vivantes qu'il est capable d'animer d'un geste ou d'une parole.

Une fois les filles en place, il va se mettre derrière son appareil.

— J'adore le contraste entre vous. Amandine, énergie ! Vanessa, espièglerie ! Anya, sensualité ! Sophie, force ! s'écrie-t-il alors que l'éclairagiste effectue un réglage presque imperceptible.

Dans sa robe blanc cassé brodée de lierre, Sophie a l'impression d'être un bloc de marbre antique. Elle sait que le décolleté osé du corset et les longues mitaines moirées font ressortir les muscles dessinés de ses épaules et de ses bras.

Clic.

Les clichés et les poses s'enchaînent sans exiger d'elle le moindre effort pour incarner la muraille impénétrable qu'on cherche à lui faire jouer.

Clic.

En pivotant légèrement, les mains levées, elle aperçoit Vanessa dont le maquillage mutin contraste avec la sensualité de sa perruque rousse et de sa robe écarlate. De l'autre côté, Anya referme les mains autour de ses coudes et incline la tête comme si elle avait besoin de se blottir, démentant l'assurance que lui donne la coupe affirmée de son décolleté profond. Devant elles, Amandine, colonne d'énergie vibrante, se dissimule à moitié le visage derrière ses doigts écartés, comme saisie par une crainte soudaine qui l'aurait fait flancher.

Quand Sophie se demande si elle aussi devra ôter le

masque pendant une seconde et révéler une faille, elle sent un frisson de peur danser sur sa nuque. Ses paupières se ferment malgré elle. Quand elle les rouvre…

Clic.

— Sophie, c'est parfait. Tu es très forte, mais pendant une seconde, j'ai entrevu une autre personne dans tes yeux !

Clic.

L'ampleur de cette découverte la stupéfie.

Laquelle ? Quelle personne a-t-il vue ? Elle-même ignore qui elle serait si elle abattait ses murailles…

***

Alors qu'elle ôte les derniers vestiges de son maquillage puis applique sa crème de nuit d'une main fatiguée, Sophie mesure l'étendue de son esseulement.

Aujourd'hui, tout n'a été que poudre aux yeux, et dans la minuscule salle d'eau attenante à sa chambre de bonne, elle laisse tomber le masque sans que personne ne soit là pour valider ce qu'elle est vraiment.

Après avoir enfilé un pyjama violet, elle se pose lourdement sur le lit et avale une longue gorgée de kombucha. Son écran d'ordinateur affiche plusieurs centaines de notifications Instagram. Elle n'aura jamais le temps de toutes les traiter et envoie un texto rapide à Cendre qui dort peut-être déjà.

Sophie : Je suis vidée. Je vais me coucher. Il y a trop de commentaires. C fou !

Elle n'a pas encore ouvert son appli Kindle qu'elle reçoit deux SMS consécutifs.

Cendre : Une autre chroniqueuse a fait un reel sur les *sporrans*, alors la vidéo avec Liam a recommencé à circuler. Bonne nuit, repose-toi !

Cendre : Il est arrivé aujourd'hui. Il est venu me chercher après le travail.

La série d'émojis enthousiastes qui représentent des visages heureux, des cœurs, des châteaux et des arbres entre en contraste avec le silence et la solitude de la chambre de Sophie.

Sophie : T'inquiète pas. Je gérerai demain. Profite bien de ton chéri.

Profite, Cendre. Moi, je n'ose pas, songe-t-elle alors qu'elle est assaillie par le visage de Jérôme, attristé d'avoir été éconduit après leur premier baiser passionné pendant la fête des Lumières.

Le cœur et les mains vides, elle éteint la lampe en espérant que son passé ne revienne pas l'agresser dans ses rêves.

Chapitre 4

Mardi 20 février, campus des Lettres de Lyon

Cendre : C super ! Tu ne m'en avais plus reparlé depuis Noël, alors je croyais que ce n'était plus d'actualité.
Sophie : Si. C juste que je suis tellement vidée après les partiels que j'y vais à reculons.

La réponse se fait attendre. Cendre s'est peut-être fait choper par sa cheffe ou s'est perdue dans un fantasme littéraire. Certainement les deux à la fois.
Sophie s'apprête à remettre son portable dans sa poche quand l'écran se rallume.

Cendre : Je viens d'en parler à Liam.

Elle ignorait qu'il était déjà de retour.

Cendre : Il trouve qu'on est débordées. Il a lancé l'idée qu'on recrute quelqu'un d'autre, ne serait-ce que pour nous aider à gérer nos engagements sur Insta.

Sophie inspire profondément. Nozinabook est leur bébé *à elles*. Elles en ont rêvé sur les bancs du lycée et leur succès actuel résulte de milliers d'heures de travail. Déroutée par le ressentiment qu'elle vient d'éprouver à l'égard de Liam durant un centième de seconde, elle le réprime aussitôt. *Il est trop tôt dans la journée pour jouer à la psy et creuser les raisons de ma réticence*, se dit-elle en étouffant un bâillement.

Sophie : Je crois que c'est malheureusement

nécessaire. On en reparle ? Ça va bientôt commencer.
   Cendre : Pouce en l'air, ma belle. *Going back to work.*

   Autour d'elle, une cinquantaine d'étudiants finissent de s'installer et les bruits de chaise cèdent le pas à des bavardages.
   La lumière crue des néons donne à la salle de TD des airs d'hôpital juste avant une dissection et cette ambiance glauque réveille les picotements dans ses extrémités. Si seulement elle parvenait à déceler la cause de l'angoisse vague dans laquelle elle baigne en permanence !
   Elle se dit que c'est parce que les résultats des partiels se font attendre. Elle a beau être sortie de la salle d'examen satisfaite, son sentiment d'inadéquation se communique à tous les pans de sa vie dernièrement. Car à quoi lui servira sa licence si elle ne trouve pas de travail dans le monde fermé de l'édition ?
   Tous les jours, elle est confrontée à l'impression de s'être tiré une balle dans le pied en devenant bookblogueuse spécialisée en « paralittérature » au lieu de favoriser l'édition traditionnelle qu'elle est censée vouloir intégrer. La réalité ne ment pas : son réseau se compose majoritairement de créateurs, qu'ils soient écrivains indépendants, artistes de couverture, voix pour livres audio ou même traducteurs littéraires…
   Quand elle parcourt les profils LinkedIn, elle a l'impression que tout le monde affiche une photo de profil en tailleur cintré, a passé un Master dans une grande université parisienne ou a fait prépa. En bref, un univers qui lui semble gris, beige et empesé.
   Se serait-elle trompée sur l'industrie qu'elle désire réellement intégrer ou bien juge-t-elle trop vite ?
   Elle ressent un autre élancement dans le cou et se masse la nuque à deux mains cette fois.

— Votre attention, s'il vous plaît. On va commencer.

Une voix féminine assurée traverse la pièce sans effort. Tiraillée par un vague souvenir, Sophie croit la reconnaître sans parvenir à mettre un nom dessus.

— Bonjour, merci d'avoir été aussi nombreux à faire le déplacement. J'en vois quelques-uns qui étaient déjà là l'année dernière. C'est super de vous retrouver ! Vous savez que vous ne pouvez pas concourir deux fois, mais on aura besoin de tous les volontaires possibles pour le marketing, l'administratif et l'accueil durant les journées d'exposition.

L'étudiant assis derrière Sophie pousse un vague murmure de déception et la maîtresse de cérémonie éclate d'un rire sonore.

— C'est comme ça, Mathieu ! Tu as déjà eu ta chance.

Se détournant pendant une seconde, la femme abaisse l'écran blanc et affiche la première diapositive avec le nom du festival.

— Est-ce que quelqu'un peut éteindre les néons ? Je vous rappelle que vous trouverez des informations sur notre site Internet et qu'on vous a imprimé des polycopiés pour votre candidature.

Elle clique sur la deuxième diapo qui comporte une présentation d'elle-même.

— Pour ceux qui ne me connaissent pas, je m'appelle Marie-France, alias Héméra. Je suis en deuxième année de Master en Arts du spectacle et je travaille également comme comédienne de théâtre et artiste de rue.

Sous le casque épais de son carré blond, Sophie n'avait pas reconnu Héméra ! Elle se donne parfois en représentation sur la place Bellecour, le visage et le corps peinturlurés de toutes les couleurs de l'arc-en-ciel.

— Depuis six ans, le Festival des arts vivants de Lyon consiste chaque année en une semaine d'expositions et de spectacles. Il est clôturé par une journée et une soirée de gala parrainées par des figures politiques locales ainsi que des professionnels du monde de la culture et de l'édition.

Marie-France poursuit sa présentation en expliquant que la mise en place du festival fait partie du parcours professionnalisant des étudiants du Master en Muséographie & Organisation d'événements culturels.

Manifestement, quelques-uns ont fait le déplacement, car des vivats résonnent aux quatre coins de la pièce.

Quand Sophie, curieuse, se tourne pour voir d'où ils proviennent, elle se fige en apercevant le jeune homme assis quelques rangées derrière elle.

Des cheveux bruns légèrement trop longs qui retombent devant ses yeux. Un pull-over à frise. Un jean très élimé aux ourlets. Des mains qui pianotent nerveusement sur le pupitre... Elle aurait dû se douter que Jérôme serait présent à un événement culturel de cette ampleur.

L'air de rien, elle inspire lentement pour tenter de maîtriser la chaleur qui lui monte aux joues. Quand elle rouvre les paupières et se retourne vers le tableau, elle avise l'œillade assassine que lui décoche Mina, son ennemie jurée, assise à quelques chaises de distance.

Le visage redevenu glacial, Sophie érige immédiatement une muraille et se contraint à rester immobile sur son siège.

La présentation se poursuit, abordant successivement l'historique du festival, les financements, les partenaires et les délais à respecter.

Les chiffres qui défilent sur l'écran sont impressionnants. Oubliant un instant ses peines de cœur et ses déboires relationnels, Sophie digère le nombre de participants et de visiteurs, les résultats marketing et les opportunités offertes par la rencontre avec des professionnels issus de tous les domaines du monde culturel.

Elle remise définitivement dans un coin de son esprit le baiser que Jérôme et elle ont échangé avant les vacances de Noël. Elle refuse d'y penser... de penser à ses mains sur sa taille... à ses yeux qui voient tout... *particulièrement* à ses yeux qui peuvent distinguer celle qu'elle est vraiment sous son masque, alors qu'elle-même a du mal à se regarder dans un miroir.

Secouant la tête, elle se reconnecte à l'écran qui affiche à présent les modalités de candidature et les derniers délais pour s'inscrire.

Marie-France demande qu'on rallume.

— Vous avez des quest... ?

La voix hautaine qui l'interrompt est aussi désagréable que des ongles raclant un tableau noir.

— Peut-on participer à la promotion de l'événement sur ses propres réseaux ? s'enquiert Mina. J'ai un bookstagram et un blog qui cartonnent en ce moment.

Marie-France lui adresse un regard glacial.

— C'est possible, en effet, mais tu devras en parler à Shin, notre coordinatrice. Nous avons instauré une charte de communication afin que les participants n'essayent pas de gagner en notoriété personnelle sur le dos du festival.

Sophie ne peut s'empêcher de sourire. Mina vient de se faire afficher avec un grand A !

— Certains d'entre vous effectuent peut-être déjà des extras dans le milieu artistique. Ce serait un véritable tremplin, reprend Marie-France dont le regard s'attarde sur Sophie. Je reste à votre disposition si vous avez des questions individuelles à me poser. Les formulaires se trouvent sur la table près de la porte ou sont aussi disponibles en ligne. Merci.

Quelques applaudissements courtois lui sont adressés puis les premières chaises reculent en grinçant. Plusieurs personnes sortent sans demander leur reste. Une file d'étudiants viennent échanger quelques mots avec Marie-France avant de prendre un formulaire de candidature.

Sans surprise, Mina se précipite vers la comédienne à laquelle elle se colle comme une moule à son rocher.

Sophie va devoir passer devant elles si elle veut prendre un formulaire avant de sortir.

Du coin de l'œil, elle voit que Jérôme a chipé un paquet de feuillets qu'il part distribuer à ceux qui s'attardent à l'arrière de la salle. Comme à son habitude, il trône au centre d'une petite cour enthousiaste qu'il anime avec de grands gestes des mains.

Levant fièrement le menton, elle se dirige vers la sortie et tend le bras pour prendre un polycopié lorsque Marie-France l'interpelle.

— Sophie ! On a une amie commune. Morrigan a toujours des compliments à faire te concernant. Elle m'a dit que tu travaillais dans le mannequinat et que tu lui avais sauvé la mise plusieurs fois quand elle ne trouvait personne pour des missions de doublage en anglais. C'est vrai ?

— Oui, balbutie Sophie. On s'est rencontrées pendant ma première année, quand je cherchais des boulots d'appoint.

— Tu es bilingue ?

— Effectivement.

Du coin de l'œil, Sophie voit Mina si vexée d'être ignorée qu'elle est à deux doigts d'avoir de la fumée lui sortant des oreilles. Marie-France lui assène alors le coup de grâce.

— Je suis allée voir l'Insta de Nozinabook. Ce reel avec votre ami écossais et le *sporran* était hilarant ! J'ai réussi à convertir ma mère à *Innlander* et ça fait un mois qu'elle enchaîne les épisodes. Elle a aussi beaucoup aimé la vidéo et elle s'est acheté les livres que Cendre a recommandés.

Voyant Mina se liquéfier sur place, Sophie se dit qu'elle

n'a jamais été aussi reconnaissante envers une inconnue depuis un bon moment.

— Merci, Héméra... Marie-France.

Sophie se sent encouragée par le clin d'œil complice que l'autre femme lui adresse.

— Je vais songer à m'inscrire, dit-elle pour rompre le silence.

— J'y compte bien. On se retrouve à la séance d'orientation pour les bénévoles ?

— Moi aussi, s'interpose Mina, je trouve que...

Sophie ne reste pas pour entendre la fin de sa phrase et sort en coulant un dernier regard discret à Jérôme. À l'autre extrémité de la pièce, il tend un bras dans sa direction comme pour la retenir, mais elle lui file à nouveau entre les doigts.

Chapitre 5

Jeudi 22 février, campus des Lettres de Lyon

Le couloir du département des Métiers du livre bourdonne de murmures excités.

Vrombissant comme des insectes, des étudiants s'agglutinent autour des panneaux d'affichage.

Nerveuse, Sophie sait qu'elle devra patienter et jouer des coudes pour se rapprocher des polycopiés. Quand une opportunité se présente, elle cherche avidement son nom sur le tableau des notes.

C... G... M... O... Owusu.

Son regard parcourt la rangée de chiffres. Elle a largement la moyenne partout, ce qui veut dire qu'elle a validé toutes les matières.

Elle n'a pas le temps de se réjouir, car elle se fait éjecter par une étudiante qui lui chipe sa place. Toute à son soulagement, elle s'éloigne sans demander son reste et fourre sa main dans sa poche pour en sortir son téléphone. Prise d'un léger vertige, elle longe le mur de sa salle de cours alors qu'elle cherche le numéro de ses parents.

— Allô, Maman ! C'est Sophie.

— Tout va bien, ma chérie ? Tu es matinale, répond Mme Owusu d'une voix inquiète.

— Oui, pas de souci. C'est juste pour t'informer que les notes ont enfin été publiées et que j'ai décroché mon semestre avec mention bien.

Un cri aigu la force à éloigner l'appareil de son oreille.

— Je suis si contente, *darling* ! Je vais le dire à ton père quand il rentrera ce soir.

— Merci, mais il faut que j'y aille. Je suis à la bourre. À bientôt !

Alors qu'elle raccroche sur un dernier baiser, elle sait pertinemment que la nouvelle arrivera aux oreilles de son père avant la pause-déjeuner. À l'instant même, sa mère est probablement perchée sur son balcon, communiquant l'information à qui veut l'entendre à un niveau sonore qui ferait la fierté de Mamie Léontine, la grand-mère de Cendre.

Elle secoue la tête avec attendrissement et entre dans la salle de classe où elle s'écroule lourdement sur son siège, près du radiateur installé sous la fenêtre. Sa besace s'écrase au sol avec un bruit sourd, mais elle n'en a que faire. Elle a l'impression d'être libérée du poids de dix tonnes qui lui pesait sur les épaules depuis quasiment deux semaines.

Autour d'elle, quelques étudiants protestent contre la question-piège posée à la fin de l'examen de marketing, mais l'esprit est à la fête.

Un SMS la fait sursauter et elle se hâte de mettre son portable sur silencieux.

Kwasi : Félicitations ! Tu déchires tout. Super content pour toi !

Sophie sourit et compose une réponse rapide.
Alors qu'elle appuie sur la touche d'envoi, elle reçoit une autre notification. Convaincue qu'il s'agit d'une de ses sœurs, elle est surprise en voyant s'afficher le nom de Morrigan.

Morrigan : Mission urgente de voix off pour demain, milieu d'après-midi. Locuteur anglais natif. Environ 3 h d'enregistrement pour entreprise internationale. Je viens aussi. Tu es partante ?

Sophie hausse grandement les sourcils.

À son arrivée à Lyon deux ans et demi auparavant, elle avait posté une annonce de recherche d'emploi sur le forum des étudiants. Elle avait été surprise quand une actrice lui avait proposé de se présenter aux journées portes ouvertes d'un studio d'enregistrement pour faire de la voix off. Depuis, elle effectue environ une mission par mois dans différents studios de la ville, même s'il ne s'agit que de prononcer quelques phrases.

Pas besoin de vérifier son emploi du temps. Le Salon du livre de Bourges se profile et toute rentrée d'argent est bonne à prendre.

Sophie : Ça roule pour moi. Tu crois que mon léger accent ghanéen ne les dérangera pas ?

Cette question lui serre douloureusement le cœur, comme si la dissimulation de son accent maternel était une trahison de son être, de sa famille et de sa terre. Quand Morrigan l'a intégrée gratuitement à ses ateliers pour apprendre à réduire son accent afin d'obtenir un anglais aussi « neutre » que possible, elle a ressenti la même chose que la première fois où elle s'est vue sur une photo retouchée. Reconnaissable… mais au prix du gommage de toutes ses aspérités.

Morrigan : Ça roule. Je suis en répète sur le parvis pendant 1 heure. Tu viens me retrouver après ?

Tendant le cou pour regarder par la fenêtre, elle aperçoit le groupe de théâtre à leur endroit habituel et compose une réponse rapide.

Sophie : Je vous vois :) Je suis en salle 150. J'en ai pour 1 heure et je descends après. À +

Quelques secondes plus tard, elle voit Morrigan ranger son portable dans sa poche et lui adresser de grands coucous. Puis la jeune femme fait une roue suivie d'une pirouette, ses longues dreadlocks rousses fouettant l'air autour de son visage.

***

Descendant l'escalier d'un pas vif, Sophie apprécie de pouvoir se dégourdir les jambes.

C'est officiel, cette heure de cours a duré cent cinquante ans ! Heureusement que par la fenêtre, la troupe a ravivé un peu l'ambiance. Parfois, on les entend crier pendant leurs entraînements à la maîtrise du souffle. D'autres jours, des diabolos colorés filent dans les airs à intervalles réguliers, leurs sifflements faisant s'envoler les moineaux perchés dans les quelques arbres de l'espace vert. Mais ce que Sophie n'avouerait que sous la torture, c'est qu'elle aime écouter la voix de Jérôme.

Souvent – comme aujourd'hui –, il se joint à eux pour déclamer des répliques, réciter des poèmes ou chanter. Tour à tour caressante et rude, sa voix évoque un éventail de textures. Quand il parle, elle oublie que le français n'est pas sa langue maternelle ; elle dépasse les blocages affectifs engendrés par son arrivée dans sa seconde culture.

C'est encore mieux que les livres ! C'est une langue vivante face à laquelle elle ne se sent pas contrainte de se protéger.

Tu n'as pas besoin d'ériger des murs avec moi, Sophie.

C'est plus fort qu'elle. Assaillie par le souvenir de leur moment d'intimité pendant la fête des Lumières, elle revêt de nouveau son masque social aux abords du parvis.

Finissant de ranger des accessoires dans un grand sac de

toile, Morrigan l'interpelle.

— Viens, je te présente. Eh, voici Sophie ! crie-t-elle à la cantonade. Tu connais peut-être les trois O : Caro, Nico et Pedro.

Une jeune femme aux cheveux violine lui adresse un salut amical de la main qu'elle lui rend volontiers. Nico est un géant blond de type nordique au visage rougeaud et elle reconnaît en Pedro le garçon que toute la fac surnomme « Jésus » à cause de son look de hippie.

Derrière eux, Jérôme achève sa discussion avec trois autres étudiants qui s'éloignent rapidement en direction du resto U. Quand une des filles se retourne pour lui décocher une dernière œillade mélancolique, Sophie a l'impression de recevoir une flèche en plein cœur.

— Tu veux aller tracter avec nous à Fourvière ? lui demande Morrigan qui a fini de boucler son sac et le cale sur le dos de Nico, lui donnant des airs de touriste norvégien. On file au théâtre après.

Elle se repasse mentalement son emploi du temps tout en essayant d'éviter le regard soutenu de Jérôme.

— Pas très longtemps, alors. Si la séance au studio de demain dure plusieurs heures, j'aimerais m'avancer dans mes cours.

— Génial ! J'ai déjà prévenu le responsable que tu venais. Merci, tu me sauves la mise. L'actrice qui était prévue a fait une angine foudroyante.

Son sourire fait presque pâlir l'éclat de sa chevelure de feu et pendant une seconde, Sophie lui jalouse son rayonnement.

— *Funiculì, Funiculà*, chantonne Morrigan qui ne s'est rendu compte de rien. On suit tous Nico vers le tramway qui mène au funiculaire ?

— Certainement pas, proteste ce dernier qui règle toujours les bretelles du sac sur ses épaules. Je propose plutôt que Pedro ouvre la marche.

Sur un éclat de rire, l'intéressé joue avec la pointe de sa barbe et rabat sa capuche, découvrant ses longs cheveux bruns.

— Suivez-moi, les enfants, nous montons sur la colline.

Se disant que le ridicule ne tue pas, Sophie se laisse entraîner dans la file indienne qui suit Jésus hors du parvis.

***

Sur l'esplanade de Fourvière, Sophie a l'impression de s'être si dangereusement rapprochée du ciel gris foncé qu'elle pourrait presque le toucher du doigt comme dans le tableau de Michel-Ange. Elle sentirait au bout de son index la fraîcheur de la ouate presque translucide qui ne laisse plus passer le moindre rayon de soleil depuis près de deux jours. Les cieux s'ouvriraient, baignant la ville d'un faisceau de lumière, faisant briller ses toits de mille feux.

Alors qu'elle maudit la grisaille de la mi-février, Jérôme s'éclaircit la gorge pour la tirer de sa rêverie.

— Tiens.

Il lui tend quelques flyers.

Le reste du groupe s'est dispersé sur la place et la voix perçante de Morrigan éveille déjà des échos en se répercutant contre la façade de la basilique.

— Représentation samedi, quatorze heures ! Au Théâtre de la Bravade, rue Roger-Radisson.

— Je respecte les années qu'elle a passées à développer sa maîtrise vocale, mais je crois qu'elle a dû être poissonnière dans une vie antérieure, plaisante Sophie pour oublier qu'ils ne se sont pas retrouvés seul à seule depuis la fête des Lumières.

Elle tente sans succès de donner un tract à un vieux

monsieur qui le refuse d'un air bienveillant et Jérôme se rapproche d'elle.

Son regard la cloue sur place.

— Quoi ?

— Je t'ai vue prendre un formulaire pour le festival. Tu t'es inscrite ?

Sophie fait la moue. Elle a procrastiné son inscription.

— Pas encore, avoue-t-elle au jeune homme dont les yeux ne l'ont pas lâchée. Je ne sais pas trop. Je suis vraiment occupée.

— J'ai déjà entendu cette excuse, sourit-il. C'est Nozinabook ?

Le nom de leur blog provoque parfois un certain amusement, mais elle ne décèle chez lui qu'un intérêt sincère qui la désarçonne. Elle aurait presque préféré des moqueries ; elles lui auraient fourni une occasion de protester.

— Tu connais ?

— Bien sûr. C'est probablement le site de chroniques livresques le plus important de France. Et j'ai vu que Livrindigo repostait vos publications.

Sentant venir la référence, Sophie frétille nerveusement.

— La vidéo avec le *sporran* était vraiment cool. C'est le copain de ton amie Cendre ? poursuit-il en tendant vaguement le bras vers un passant qui ne s'arrête même pas.

— Pas à l'époque, mais maintenant, oui.

— C'est bien pour elle. Il a l'air gentil. Les types qui ressemblent à des ours sont généralement bonnes pâtes.

— C'est vrai dans son cas.

Mais pas forcément dans celui de Kingsley, songe-t-elle en repensant au défi que lui a lancé Kwasi par SMS. Ça fait un moment qu'elle n'a plus entendu parler de cette histoire et elle devrait poser la question à Gifty.

— Ça doit vous prendre énormément de temps de gérer tout ça. Vous êtes combien ?

La voix de Jérôme la tire de sa rêverie et le souvenir de la cuisine embaumée d'épices s'estompe douloureusement.

— Juste toutes les deux, à part pour certains *guests*. Et bien sûr, la gérante du Livrindigo de Granfleur fournit des scénarios à Cendre pour lui faciliter le travail.

— C'est pour ça que tu es toujours stressée ?

— Pardon ?

— Parfois, tu as l'air d'avoir des étourdissements et tu t'installes souvent sur la chaise la plus proche du radiateur comme si tu mourais de froid.

Elle laisse s'écouler un instant de silence alors que, les tracts oubliés, elle soutient son regard avec une assurance qu'elle n'avait encore jamais ressentie en sa présence.

— Je ne savais pas que c'était aussi visible, soupire-t-elle. Entre la fac et mes boulots d'appoint, je cours partout.

— Je comprends. Dommage que tu n'aies pas le temps pour le festival. Si tu ne restes pas pour faire un master, ce sera ta dernière occasion d'y participer. Il faut être inscrit dans une fac.

Elle déglutit en songeant à la perspective de partir, de ne plus *le* recroiser, une fois sa licence en poche. Ce moment privilégié entre eux devrait lui donner des ailes, mais le ciel trop bas freine ses envolées lyriques. Elle n'a pas assez d'oxygène pour faire des étincelles.

Pourtant, le regard bienveillant posé sur elle lui donne envie de se confier.

— Liam est en train de tanner Cendre afin qu'on intègre au moins une autre personne pour nous soulager. Je crois qu'il s'est rendu compte que sa rêverie compulsive s'aggrave quand elle est fatiguée.

— Oh, c'est handicapant ?

— Disons qu'on doit la surveiller quand elle traverse la rue et qu'elle est équipée d'une cuisinière avec un minuteur intégré.

— Et à quoi rêve-t-elle ?

— Tu as déjà vu la couverture d'une romance Fantasifemme ? Avec Carlo en kilt ?

Jérôme se mord les lèvres pendant cinq secondes et part d'un éclat de rire si sonore qu'il doit basculer la tête en arrière pour ne pas s'étrangler dessus. Du coin de l'œil, Sophie voit Morrigan et Jésus se retourner vers eux avant de se remettre à danser en se tenant les mains devant le perron de la basilique.

— Oyez, populace ! clame la jeune femme en agitant le peu de tracts qu'il lui reste au-dessus de sa tête. Venez découvrir les saltimbanques et les baladins...

— ... samedi à quatorze heures, achève Jésus avec une pirouette suivie d'une courbette.

Sophie s'éclaircit la gorge.

— On les connaît, ces gens-là ?

— Absolument pas. On n'est *pas du tout* venus avec eux.

Une esquisse de sourire aux lèvres, il lève les yeux vers le nuage de brume qui dissimule presque entièrement la statue dorée de la Vierge Marie qui surmonte le bâtiment.

— Mais... ta copine Cendre n'est pas trop déçue ? Parce que Liam n'est pas très branché *sporran*, non ?

— Franchement, la bourse poilue sur le devant, tu assumerais ?

— Malheureusement, je n'ai pas la plastique de Carlo ni celle de l'acteur d'*Innlander*.

— Tu connais ?

Décidément.

— Ma tante Jeannine est fan, dit-il comme s'il s'agissait d'un label de qualité national.

— Tu as une Tata Jeannine, toi aussi ?

Il baisse la tête et se frotte la nuque d'un air amusé.

— On en a tous une, je crois. Elle garde son nécessaire de couture dans une vieille boîte de Quality Street. Pareil pour la tienne ?

Pour la première fois depuis longtemps, Sophie sourit de toutes ses dents, l'hilarité lui faisant même fermer les paupières pendant quelques secondes.

— Il y a des expériences qui sont universelles, poursuit-il.

— Certes.

— C'est bien d'avoir des choses en commun…

Sophie voudrait bredouiller une réponse, mais il s'est rapproché de quelques centimètres et elle perd déjà pied, se noyant dans ses yeux bruns. Elle repense à leur baiser sous les lumignons, à son cœur qui s'était embrasé.

Elle a bien envie d'ouvrir la porte, d'abaisser une muraille, de descendre de son piédestal pour cesser d'être telle cette statue de la Vierge sur ses hauteurs : voyant tout et visible de loin, mais terriblement seule.

— J'aimerais bien qu'on travaille ensemble pour le festival.

Cette proposition la fait déglutir avec peine.

Dans l'expectative, Jérôme n'a pas cillé et quand la voix de Morrigan les interpelle, fendant la brume comme l'aile noire d'un corbeau, il refuse de détourner le regard du visage de Sophie.

— Je vais finir de remplir le formulaire ce soir, dit-elle dans un souffle.

Quand elle reprend sa respiration, elle a l'impression que ses poumons ont doublé de volume. Subitement en proie à un étourdissement, elle lève la main pour se masser la nuque et découvre que celle de Jérôme s'y trouve déjà.

***

Gifty : Pas vraiment envie d'en parler. Pourquoi ? Kwasi a dit quelque chose ?

Malgré son désir de lui tirer les vers du nez, Sophie envoie un *non* rapide à sa sœur.

Quand elle pénètre dans la maisonnette, elle ôte hâtivement son manteau couvert de bruine et secoue ses bottines sur le perron pour éviter de tremper le tapis du hall d'entrée.

— Sophie, l'appelle Mme Gisèle.

Au salon, la vieille dame est assise dans son fauteuil près du poêle allumé. Sentant bon la cassonade, la pièce baigne dans une chaleur accueillante.

— Viens un peu. J'ai besoin de te parler.

La jeune femme s'approche de sa logeuse.

— Tout va bien ?

— Oui, mais je redoute ce que j'ai à te dire.

— Ah bon ? fait Sophie en fronçant les sourcils.

— Je suis désolée, mais mes enfants n'aiment pas me savoir seule ici toute la journée. Ils parlent de plus en plus de m'acheter un studio près de chez eux à l'autre bout de la ville. Je crois que je vais accepter.

Sophie a peur de comprendre.

— Ça veut dire que je mettrai la maison en vente cette année, peut-être dès l'été. Si elle change de mains, je ne sais pas si tu pourras rester vivre ici. Je suis vraiment désolée.

Elle est sincère. Les rides de son front se sont creusées et les coins de sa bouche se courbent vers le bas.

Devant son regard éperdu, Sophie n'a pas de réponse. Elle ne peut pas y faire grand-chose. Ce n'est pas comme si elle avait les moyens de lui racheter la maison tout entière.

— Je comprends, dit-elle. J'espère simplement que je pourrai rester jusqu'aux partiels, fin juin.

— Oui, bien sûr. Je n'ai pas encore donné le feu vert et ce genre de transaction prend généralement plusieurs mois. Encore une fois, je suis désolée.

— Merci de m'en avoir informée.

Sophie garde une voix posée malgré le coup de bélier qui l'a frappée en pleine poitrine. On vient de lui retirer un tapis de sous les pieds.

Une fois sa licence en poche et donc privée de son statut d'étudiante, vivant de petits boulots et de cachets d'artiste, elle aura du mal à monter un dossier pour un autre appart...

C'est en pilotage automatique qu'elle passe à la cuisine pour se préparer un thé.

En dépit de toute sa bravoure, elle ne sait pas si elle sera en mesure de tolérer le traumatisme d'un nouveau déménagement.

La bouilloire pousse un cri déchirant.

Chapitre 6

Vendredi 23 février, studio d'enregistrement

Malgré les trois étages qu'elle vient de gravir, Sophie a l'impression de descendre dans une cave feutrée.

Les hauts plafonds et les murs du studio sont couverts d'un isolant sombre qui aurait dû l'apaiser en la coupant du monde. Toutefois, une claustrophobie écrasante la saisit soudain à la gorge.

Ses mains se mettent à trembler.

— Il faut que tu arrêtes le café, la gronde Morrigan qui émerge d'une porte au bout du couloir.

Sa masse de dreadlocks rousses est un fanal dans la pénombre.

— Mission impossible.

— Tu n'essayes pas vraiment. Viens, je vais te présenter à l'ingénieur du son.

Sophie accroche son manteau et suit son amie dans une pièce étroite qui comprend une cabine à peine assez grande pour contenir deux personnes.

L'homme assis à la console lève la tête pour l'accueillir.

— Bonjour, tu dois être Sophie. Cylian, propriétaire du studio. Je vais superviser cette session d'enregistrement.

Ils se serrent rapidement la main et la jeune femme est interpellée par la peau quasiment translucide du quadragénaire. Sa chevelure blanche avant l'heure lui donne une apparence si lunaire qu'il se détache contre les murs sombres.

— Le sujet est passionnant, explique-t-il avec des yeux bleus qui pétillent. Vous allez enregistrer la voix off d'une vidéo marketing pour une entreprise de coaching international. Morrigan va faire la version française.

Sophie, tu t'occupes de l'anglais ?

Celle-ci acquiesce en croisant les doigts pour que cela ne soit pas une gigantesque fumisterie, langage psychologisant à l'appui. Elle n'a pas envie de descendre profondément en elle-même pour cerner ses traumatismes, merci bien. Devoir gommer son accent pour cette session sera déjà suffisamment douloureux.

Cylian leur fait signe de se rendre dans la cabine où chacun des deux micros surmonte une tablette allumée.

— Je pensais qu'on pourrait commencer par parcourir rapidement le scénario pour confirmer la prononciation des noms propres et des termes scientifiques.

Morrigan acquiesce et entre dans la cabine. Alors qu'elle se positionne devant sa propre tablette électronique, Sophie remarque que son amie ne quitte pas le preneur de son du regard.

Pendant que les deux jeunes femmes font défiler leurs textes, s'arrêtant parfois pour demander une précision, les yeux bleus de Cylian ne cessent de revenir à la vitre de la cabine. Sophie a l'impression que si elle n'avait pas eu de dreads, Morrigan aurait fait bouffer sa chevelure.

Un vague malaise s'immisce en elle, comme si les parois sombres s'étaient rapprochées d'une dizaine de centimètres, attendant qu'elle détourne l'attention pour l'écrabouiller.

Cylian appuie sur plusieurs boutons et les regarde en hochant le menton.

— On est parés. Sophie, tu veux commencer ?

Elle acquiesce énergiquement et repositionne le curseur au début du texte alors que le technicien synchronise l'écran vidéo.

— Je te fais défiler le film en même temps, mais ne stresse pas. Ce n'est pas du doublage.

— Ça va aller, ma poule, dit Morrigan qui ressort pour

laisser Sophie seule en cabine.
— Merci.

Elle prend une grande inspiration et se concentre sur son scénario. Pendant quelques dizaines de secondes, la vidéo montre des plans de la maison mère et de ses employés, accompagnés d'une musique d'ambiance.

À travers la vitre de la cabine, son regard est attiré par le genou de Morrigan qui frôle celui de Cylian. L'homme fait semblant de ne rien remarquer.

Elle manque presque le début du texte qui se met à défiler, mais elle se rattrape à la dernière seconde.

— *A warm welcome to Echo Mindset, your trusted partner...*

Elle détourne les yeux de la tablette juste à temps pour voir que le technicien lui adresse deux pouces en l'air.

— *We believe in you. In your unique potential.*

Tandis qu'elle poursuit la lecture du scénario, l'atmosphère électrique de la zone de mixage se communique à elle, malgré tous ses efforts pour s'isoler de cette situation. Morrigan irradie, mais pas à sa façon habituelle. Son énergie généralement aussi chaleureuse qu'un soleil est devenue argentique, se mettant au diapason de celle, lunaire, de l'homme assis à côté d'elle.

Sans comprendre précisément pourquoi, Sophie sent un froid lui serrer la poitrine et elle aimerait être ailleurs.

Soudain, elle voit luire l'alliance que Cylian porte à l'annulaire gauche.

— Sophie, tu as raté le début de ton segment.
— Oh, pardon.
— C'est pas grave. Je te le repasse.
— *We use a person-centered approach to create effective coaching strategies.*

Elle a hâte d'en finir et de s'éloigner le plus possible de

ce spectacle dérangeant. Elle a l'impression d'avoir pénétré dans une intimité interdite qui lui fait entrevoir Morrigan sous un autre jour.

***

— Je préfère m'asseoir en terrasse d'ordinaire, mais il fait trop froid aujourd'hui, soupire Morrigan.
— Tu es Lyonnaise, pourtant. Pense à moi qui ai grandi en Normandie. Tu devrais être habituée au climat, non ?
— On n'est pas forcé d'apprécier toutes les saisons.
— Certes.

Sophie avale une longue gorgée de son cappuccino sous le regard critique de son amie.

— On avait pourtant dit que tu devais arrêter le café.
— Chacune son vice.

Son ton acéré la fait grimacer. Le regrettant instantanément, elle se mord la lèvre en cherchant comment briser le silence poisseux.

— C'était une bonne session aujourd'hui, reprend-elle.
— Hmm-hmm.
— J'avais peur de devoir réciter du jargon pseudo-psycho pendant une heure.
— Hmm-hmm.
— Je... Ça fait longtemps que tu bosses avec Cylian ?
— Hmm...

Sophie se demande si cette animosité va se prolonger, mais Morrigan secoue les épaules et répond rapidement.

— Environ trois ans.
— Je n'avais encore jamais travaillé pour lui.
— C'est parce qu'il enregistre principalement des doublages en français. Il faut être formée. Si ça t'intéresse, je peux t'aider à trouver un atelier, mais ce sera payant.

Sophie pousse un long soupir. La fin de l'année universitaire se profile à l'horizon et avec elle, l'opportunité de décrocher un emploi dans le monde du livre ou bien l'obligation de continuer à accepter des boulots d'appoint... et de s'asseoir sur ses trois années d'études.

— Je ne sais pas trop. J'ai envoyé quelques CV à des maisons d'édition et j'essaye de développer mon réseau sur LinkedIn, mais...

— Tu y vas à reculons ?

— Triste constat.

— Je ne vais pas te mentir, reprend Morrigan en triturant une de ses dreads, je suis un peu pareille. Je devrais trouver un emploi stable de prof de théâtre ou monter une microentreprise dans le coaching vocal, mais je n'aurais plus le temps de faire la pitre sur le parvis de l'université. J'ai l'impression que tout le monde arrive à attraper le coche sauf moi.

En dépit des sept années qui les séparent, Sophie se retrouve dans ce discours. Elle croise seulement les doigts pour ne pas mettre autant d'années qu'elle à prendre sa vie en main. Pour la première fois, elle ne perçoit plus Morrigan comme un électron libre, mais comme une éternelle ado qui cherche encore sa place.

Elle n'a pas le temps de réfléchir au piédestal sur lequel elle avait placé son amie et pourquoi elle se sent à présent si mal à l'aise en sa présence, car celle-ci préfère changer de sujet.

— Tu vas t'inscrire pour le festival ?

— J'avais dit que oui, mais je me suis ravisée. Je vais être très occupée à préparer nos événements pendant le Salon du livre de Bourges.

— Si tu ne poursuis pas tes études l'année prochaine, c'est ta dernière année pour y participer.

L'insistance de Morrigan trahit une supplique.

— Je suis certaine que tu peux trouver quelques heures par-ci par-là pour bosser dessus. Par ailleurs, je t'appellerai en premier pour les missions les mieux rémunérées. Tu n'auras plus à travailler de nuit à l'entrepôt. Ça te libérera du temps.

— Merci, c'est gentil.

Mais à la base, je n'étais pas non plus partie pour être voix off, songe-t-elle, trop reconnaissante pour oser protester à voix haute.

— Cylian paye super bien, poursuit-elle sans savoir pourquoi elle se réengage sur ce terrain.

— C'est normal pour ce type de mission. Généralement, ce genre de multinationales ont un budget marketing de fou, alors ça se répercute sur les cachets.

Les doigts de Morrigan pianotent nerveusement sur la table. Sans crier gare, elle relève la tête et accroche le regard de Sophie avec effronterie. Celle-ci a l'impression qu'elle cherche la confrontation pour avoir l'occasion de se défendre.

— Si tu as une question à me poser, ne te gêne pas.

— Vous semblez proches.

— On travaille ensemble depuis un moment, alors on se connaît bien.

Sophie profite d'un instant de silence pour libérer son regard de celui de son amie et avaler une gorgée de café en guise de remontant.

— Vous aviez l'air de bien vous entendre. C'était électrique, même.

Morrigan plisse les lèvres, mais ne répond pas.

— J'ai vu qu'il avait une alliance.

— Tu remarques ce genre de choses ?

Le ton goguenard ne trompe pas Sophie. Il n'y a aucune comparaison entre l'attitude fuyante de son amie et l'amour simple mais fidèle entre ses parents, ou bien l'affection évidente que se portent Cendre et Liam. Elle qui croyait être trop ouverte d'esprit pour juger qui que ce soit sur ses choix de vie s'enlise dans un ressentiment sourd quand elle devine l'impensable : Morrigan entretient une relation avec un homme marié.

Chapitre 7

Vendredi 1er mars, chambre de Sophie

— On a été surchargés avec notre projet d'espace formation, confie le visage de Cendre sur l'écran de l'ordinateur.

Ce soir, ses cheveux rassemblés en chignon lâche la font ressembler à Mathilde, sa sœur aînée du genre *girlboss* responsable import-export dans une grande boîte.

— La maison mère de Dreamcasting à Londres nous a demandé de fournir une proposition plus détaillée et ils ont prévu de lancer des sondages en interne dans toutes les branches avant de prendre la décision d'investir.

Une énorme paluche mouchetée de taches de rousseur entre dans le champ de la caméra et lui tend un thé fumant. Elle sourit à Liam et en avale une longue gorgée en fermant les yeux.

Elle les rouvre aussitôt comme si elle venait d'avoir une idée.

— Je n'arrête pas de me dire que le succès de cette fille est vraiment bizarre, enchaîne-t-elle subitement, désarçonnant Sophie.

— Tu parles de Mina ?

— Oui. Sans jalousie, j'aimerais connaître sa technique pour être montée en flèche aussi rapidement. Il y a quelques mois, personne n'avait entendu parler d'elle, mais maintenant, elle a rassemblé plusieurs dizaines de milliers d'abonnés. Plus vite que Noz', d'ailleurs. Elle a dû faire comme nous et miser sur les vidéos.

Assaillie par le souvenir de toutes les piques que Mina lui décoche depuis deux ans et demi, Sophie détourne le regard.

— Entre autres, grommelle-t-elle.

— De quoi tu parles ? Tu m'avais dit qu'elle n'était pas vraiment agréable quand tu la croisais, mais c'est tout.

Ne souhaitant pas inquiéter son amie, Sophie se retient de se masser les tempes. Que peut-elle dire sur Mina ? Elle l'insupporte tant que parfois, elle a mal au ventre en songeant qu'elle se trouve dans la même salle de cours qu'elle.

— Tu sais, en vrai, elle est *très* différente de l'image qu'elle présente sur les réseaux, avec ses airs de ne pas y toucher.

— Elle n'est pas très correcte en coulisses ?

— Pire encore, disons qu'elle a l'habitude des coups foireux. En première année, elle avait copiné avec deux filles un peu timides. Comme par hasard, la veille des partiels, celles-ci ont reçu des SMS anonymes insultants et un numéro masqué n'a pas arrêté de faire sonner leur portable pendant des heures entières. Elles ont toutes les deux dû l'éteindre pour se protéger. Tu devines qu'elles ne se sont pas vraiment réveillées fraîches et disposes le lendemain matin.

Sur l'écran, Cendre a l'air de repenser à la fois où son petit ami du lycée l'avait harcelée en ligne. Cette expérience avait plombé sa confiance en elle pendant plusieurs années et Sophie ne garde pas non plus un souvenir reluisant des journées qui avaient suivi. Vu que c'était elle qui avait cafté les actes de Quentin à la CPE, il l'avait violemment prise à partie à la sortie des cours. Elle avait eu la main haute parce qu'elle avait crié plus fort, mais elle n'en avait jamais parlé à Cendre.

Sur l'écran, celle-ci a toujours l'air de réfléchir, vaguement choquée.

— Mais si les messages étaient anonymes, comment ont-elles su que c'était Mina... ou un individu à sa solde ?

L'expression fait sourire Sophie, ainsi que le torse de Liam qui apparaît derrière Cendre, les poings sur les hanches.

— Un des messages mentionnait un détail que seule Mina connaissait, vu que c'était un gros bobard. Une des filles se méfiait d'elle et avait voulu la piéger en testant sa capacité à garder un secret.

— *Well done!* Bien joué ! s'exclame Liam.

— Qu'est-ce qui est arrivé ensuite ? demande Cendre. Les filles ont pu avoir gain de cause et se plaindre à quelqu'un ?

— Pas vraiment. On ne va pas lancer une enquête de police pour ça. Pour la forme, elles ont déposé plainte auprès de l'administration de la fac qui a fait semblant de chercher d'où provenaient les appels masqués et les emails aux adresses farfelues. Ils ont organisé une confrontation à laquelle Mina s'est rendue avec un avocat et tout est retombé comme un soufflé. Ça a eu l'avantage d'ouvrir les yeux de plusieurs personnes à son sujet, mais on n'a rien pu faire d'autre.

— Elle a déjà essayé de s'en prendre à Nozinabook ? intervient Liam.

— Pas que je sache, articule lentement Cendre qui interroge Sophie du regard.

Celle-ci pousse un grand soupir.

— Pas *pour l'instant*. Dernièrement, on a pas mal de consœurs qui ont reçu des plaintes non fondées sur leurs vidéos, et des bots pourrissent leur engagement sur les réseaux. Il va falloir rester vigilantes après le salon du livre. Notre visibilité va exploser.

— Cendre a tout prévu, dit le torse de Liam.

— Effectivement.

La jeune rousse présente à la caméra un immense classeur à levier. Une illustration de Carlo en kilt est glissée dans la pochette transparente de couverture et Sophie s'esclaffe.

Cendre a l'air heurtée par sa réaction.

— Si je ne peux pas faire de la pub pour le mannequin-phare de Fantasifemme lors du salon, alors quand puis-je le faire ?

— LOL, tous les autres jours de l'année, répond Liam avec un éclat de rire à faire trembler les vitres.

— *Honey*, on est ensemble depuis plus de deux mois et c'est vraiment bien... mais est-ce que tu viens de dire LOL à haute voix ?

— Bon, les tourtereaux, les interrompt Sophie, je ne voudrais pas vous déranger, mais il faudrait vraiment qu'on coordonne nos agendas pour le salon.

La tête de Cendre et le torse de Liam se retournent vers elle. La jeune femme ouvre son classeur d'un geste autoritaire.

— Liam nous accompagnera et j'ai posé mon vendredi pour qu'on puisse se rejoindre la veille. Je t'ai réservé une chambre dans le même hôtel que nous.

— Super.

— On se retrouve vendredi prochain pour passer vite fait au salon et monter le stand. Le programme est chargé. Il faudra mettre notre merchandising en valeur, distribuer des flyers et des cartes de visite, vendre les livres de nos partenaires et inscrire les visiteurs à notre concours. En plus de nos discussions en live de samedi matin.

— Je m'occuperai de tout pendant que tu seras sur scène, dit Sophie. Tu n'es pas trop nerveuse ?

Il y a un an, si on avait proposé à Cendre de s'exprimer en public, elle aurait couru se réfugier aux toilettes avec une romance highlander.

— Je suis étonnamment calme.

— C'est bien. Liam, comment tu as fait pour te libérer ? J'ai l'impression que tu es toujours en France en ce moment.

— J'avais accumulé des congés et j'ai fait des heures sup pour me dégager du temps.

— Super.

Devant leurs efforts conscients pour faire durer leur couple, elle ressent une jalousie douce-amère qu'elle met immédiatement en sourdine.

— Tes parents doivent être fiers, dit-elle à Cendre. Ils vont pouvoir regarder ton interview en direct.

— Oui, Liam leur a expliqué comment se connecter à la plateforme le jour J. Mamie Léontine n'arrête pas de partager le lien en stories Instagram et sur son mur Facebook.

Sophie sourit d'un air attendri en imaginant la grand-mère de Cendre crier la nouvelle sur tous les toits. La vieille dame était une des rares personnes avec lesquelles Sophie avait immédiatement cliqué durant son enfance, alors que sa maîtrise du français restait encore approximative. À l'époque, quand Papi Théophile était encore en vie, il les avait emmenées, Cendre et elle, pêcher dans une rivière aux alentours de Veules-les-Haies. En rentrant à la Brebis joliette, Léontine leur avait servi une tarte quadrillée à la confiture alors que son époux mettait la musique à fond. Les sons discordants mais évocateurs de Magma avaient officiellement signé l'entrée de Sophie dans le monde de la musique sombre et décalée, colorant à jamais son esthétique.

— Soph', c'est à ton tour de rêver ?

— C'est rien. Je pensais juste à toutes les fois où ton papi mettait la musique à fond.

— Ah, l'exorcisme...

— Encore ? proteste le torse de Liam. J'en ai déjà

entendu parler, mais je ne connais pas les détails.

— Raconte-lui, toi, dit Sophie à Cendre qui relève la tête vers son copain.

— Mamie Léontine avait l'habitude de danser dans son jardin en petite tenue sur du Black Sabbath. Une de ses voisines de l'époque a appelé le prêtre de Bécon-les-Pois pour venir lui faire un exorcisme. Alors un jour, il s'est pointé à la Brebis en grande tenue, accompagné d'un enfant de chœur qui tenait une grande croix. Il a fait un simulacre de bénédiction pour rassurer la voisine et a fini la soirée à boire de la liqueur avec Papi et Mamie. La mère du gamin s'est plainte au diocèse et le prêtre a reçu un blâme écrit. Il l'a fait encadrer et l'a offert à mes grands-parents pour leur anniversaire de mariage ! achève Cendre en haletant de rire.

Mais sa joie retombe comme un soufflé et elle se colle une main sur la joue.

— Soph', si tu savais ce qu'elle a encore inventé…

— Avec son affaire de radiesthésie ?

— Non, c'est pire. Tu sais déjà qu'on n'était pas super chauds pour son business de « thérapie énergétique », dit Cendre en mimant des guillemets avec les mains, mais elle a décidé d'en rajouter une couche en sortant avec son professeur de yoga… le gourou Sheppard.

— Le gourou Sheppard ? répète Sophie en détachant toutes les syllabes.

— Oui. Ça m'a fait le même effet la première fois. C'est chez lui qu'elle a effectué son stage dans le Vercors pendant les vacances de Noël.

— Mais vous l'avez déjà rencontré, ce type ?

— Non, soupire Cendre. On sait juste qu'il est originaire de Bécon-les-Pois, qu'il a vécu à l'étranger et qu'il est revenu en France pour sa retraite.

— On est allés visiter son site Internet et c'est apparemment un pro du yoga certifié par plusieurs organismes officiels, précise le torse de Liam qui lève les mains d'un geste impuissant.

Ne sachant pas comment gérer la nouvelle, Sophie toussote.

— Ce n'est peut-être pas si mal. Il a l'air aussi passionné qu'elle.

— Aussi barré, plutôt.

Liam pose des mains apaisantes sur les épaules de sa compagne.

— C'est vrai que depuis la mort de ton papi, ta grand-mère… tente de la rassurer Sophie qui ne sait pas comment tourner la chose poliment.

Mamie Léontine a toujours entretenu son côté rebelle, mais depuis sa première interpellation pour outrage à agents, elle semble ne plus avoir aucune limite.

— Je crois que parfois, le silence vaut de l'or, répond Cendre. D'un autre côté, sa boutique en ligne de caleçons de yoga est parée au lancement. Tata Gaïa a cassé sa tirelire et Mathilde lui a payé un super avocat pour s'assurer que sa structure soit au poil. Tout est prêt !

— Je lui souhaite beaucoup de succès, dit Sophie avec sincérité. Ça me semble moins dangereux que la radiesthésie. Elle n'avait pas eu des problèmes avec un mec qu'elle avait… comment dire… arnaqué ?

— Le type dont les cheveux n'avaient pas repoussé ? Il n'est pas allé jusqu'au procès. Il avait parfaitement conscience que ça n'aurait rien donné.

Cendre étire les bras alors que Liam lui masse toujours les épaules du bout des doigts.

— On va te laisser. Je suis certaine que tu as aussi plein de trucs à faire de ton côté.

Ce n'est pas entièrement vrai, mais Sophie acquiesce puis adresse de grands coucous à son amie et à Liam qui s'est enfin penché pour entrer dans le cadre.

Elle se déconnecte de Skype et laisse errer son regard sur la chambre vide.

Dans la maisonnette, plus rien ne bouge et elle a l'impression que le silence s'infiltre à travers tous ses pores.

Se sentant soudain vaguement nerveuse, elle se redresse d'un bond et entre dans sa salle d'eau pour se passer une lingette sur le visage.

Confrontée au reflet du t-shirt de Cinema Strange délavé et de ses cheveux aplatis, elle ne peut s'empêcher de songer à Mina et ses vêtements de marque, ses tailleurs et ses escarpins à la semelle colorée d'un rouge reconnaissable entre mille.

Sur cette image, elle détourne le regard et jette la lingette à la poubelle d'un geste rageur. Elle s'était juré de ne jamais développer de complexe de classe, de ne jamais se lamenter sur la grande vie qu'ils ont perdue en quittant le Ghana !

Elle n'aurait jamais, jamais reproché quoi que ce soit à ses parents.

Non, ça n'a rien à voir avec les vêtements de marque et l'aisance financière. Son problème, c'est qu'elle est incapable de mettre des mots sur ce trouble intérieur qui la déchire autant. Son look gothique ne sera jamais aussi sombre que ces facettes d'elle qu'elle remise depuis trop longtemps et n'a pas envie d'affronter.

Tiraillée entre le réflexe d'ériger une autre muraille pour se protéger et l'envie proactive de s'en sortir, elle opte finalement pour la deuxième option. Après tout, dans la solitude de sa chambre, il n'y a personne pour la voir échouer.

Songeant à un conseil que lui avait donné Morrigan, elle prend son ordinateur portable, le pose sur le lit et se connecte à YouTube. Elle veut trouver des exemples d'exercices de libre association.

En faisant défiler les résultats, elle reconnaît le visage familier qu'elle tente en vain d'esquiver depuis des mois.

Elle clique sur un atelier animé par Jérôme l'année précédente.

Au centre d'un groupe assis en arc de cercle sur les planches d'un petit théâtre, il effectue des variations sur un poème connu, y insérant ses propres vers, filant une métaphore.

Son débit est envoûtant ; sa facilité d'expression, déconcertante ; la vivacité de son esprit, inégalée.

Ses propres masques, ses colliers à clous, ses semelles compensées, son franc-parler… tout ceci se fissure et s'écroule devant cette aisance verbale qui lui reste étrangère, cette union magique de la bouche et du cœur dont seul Jérôme connaît le secret.

Elle referme l'ordinateur dans un claquement, mais le regrette aussitôt.

La solitude retrouvée devient pesante.

Chapitre 8

Vendredi 8 mars, Salon du livre de Bourges

Sophie observe son amie avec une pointe d'admiration.

— Pardonne-moi, mais je n'en reviens toujours pas.

— Je t'avais dit qu'elle était transformée. C'est une vraie dynamo maintenant. J'aime penser que c'est grâce à moi, dit Liam en braquant ses index vers son visage d'un geste théâtral.

— Depuis que j'ai quelqu'un pour me cadrer, confie Cendre, j'ai moins de mal à me gérer.

Elle brandit le plan du salon. Le gros doigt de Liam se pose sur leur position actuelle et trace un chemin vers la croix marquée au feutre qui représente leur stand. Il leur fait signe de les suivre.

D'humeur enjouée, Sophie ressent l'envie de plaisanter.

— *Son kilt dévoilant ses cuisses musclées, Liam McKellen escortait dame Cendre et dame Sophie à travers la forêt calédonienne.*

Elle avance en faisant mine de tenir les rênes d'un cheval et emboutit le dos de Liam quand il pile net.

— Parrrdon ?

— Tu me chipes mon monologue intérieur ? proteste Cendre, les poings sur les hanches.

Sophie sent monter un éclat de rire. Depuis qu'elle est arrivée dans l'espace d'exposition du salon, elle a l'impression, comme Hermès, d'avoir des ailes aux pieds.

— On y va ? J'ai hâte de monter le stand.

Elle regarde autour d'elle, gravant les moindres détails dans son cerveau. Dédié aux graphistes et aux indépendants, le Salon du livre de Bourges est immense. C'est le plus grand événement français après le Festival du livre de Paris qu'elles n'ont fait que visiter. Ses ambitions professionnelles reboostées par la perspective d'accroître la visibilité de Nozinabook, elle abaisse quelques murailles et s'imprègne de l'ambiance de ce salon qui sera son royaume le temps d'un week-end.

En relevant la tête, elle se laisse éblouir par la lumière d'un des immenses projecteurs. Quand elle fait un geste pour se protéger les yeux, Liam, croyant la voir tituber, la rattrape par le bras.

— Tout va bien ?

Un peu plus loin, Cendre, une main sur la hanche, lui adresse un regard inquiet.

— *Don't worry.* J'ai juste levé la tête trop vite. Tu peux me lâcher. Je ne suis pas en sucre, mais tu as une sacrée poigne.

— Oh, pardon !

Attendrie de le voir rougir, Cendre retire son manteau rouge bordeaux qu'elle pose sur le dossier d'une chaise pliante. Elle leur adresse un sourire radieux en étendant les bras afin de désigner le stand encore vide, puis elle prend la pose quand Sophie dégaine son portable pour la prendre en photo.

— Toi aussi, Liam, dit cette dernière, ce serait bien si tu pouvais prendre des clichés ou filmer des vlogs. On pourra s'en servir pendant tout le reste de l'année comme images d'illustration.

L'Écossais se débarrasse à la hâte de sa veste et de son bonnet en laine. Il fourre sa besace en cuir derrière le stand et quand il se redresse, sa tête frôle le montant métallique sur lequel elles ont prévu de fixer leur bannière.

— *Wow*, c'est passé de justesse.

— Je vais prendre une photo de vous derrière le stand, dit Sophie. Puis on montera un des portables sur un trépied pour nous filmer en train de tout organiser, en vidéo accélérée.

Grisée par le mouvement des autres participants qui s'affairent à monter leurs stands respectifs tout autour d'eux, elle prend les rênes.

— Je crois que ce serait mieux si on se connectait à nos deux comptes uniquement depuis *mon* mobile. Tu vas déjà être assez stressée avec ton intervention de demain, dit-elle à Cendre alors que Liam sort de sa besace une caméra digitale et un fin trépied pliant.

Le laissant en régler la hauteur et resserrer les vis, Sophie rejoint son amie tout en ouvrant Instagram. Elle poste immédiatement une photo en story sur leurs deux comptes avec des hashtags légèrement différents.

Enfin, elle remise son portable dans sa poche.

— Liam, tu nous filmes ? demande Cendre.

Un trousseau de clés en main, celle-ci est prête à en découdre avec le ruban adhésif brun des cartons amenés par Tiphaine, leur amie libraire qui a fait le voyage en fourgonnette plus tôt dans la journée.

— Trrrrois, deux, un… action !

Il appuie sur le bouton et vient les rejoindre.

Une fois que Cendre a coupé le scotch en quelques gestes rapides, Sophie fourre la main dans les cartons pour en vérifier le contenu : des livres, des marque-pages, des articles de papeterie affichant leur logo.

Du sien, Liam sort une nappe et une banderole.

— Tu peux l'accrocher pendant que Cendre et moi disposons tout. Tu trouveras des ciseaux, des crochets et du fil de pêche tout au fond.

— Sophie a tout prévu, sourit Cendre.

Elle n'a pas tort. Pour la première fois depuis plusieurs semaines, elle a l'impression d'être dans son élément ! Dans son élan, elle adresse un grand coucou à une collègue blogueuse installée dans un stand voisin, puis elle aperçoit un peu plus loin une chevelure bleue familière surmontant une silhouette qui, elle, ne l'est absolument plus.

Tiphaine s'approche en oscillant d'un pied sur l'autre pour contrebalancer le poids du ventre qui étire sa salopette au maximum. Elle s'arrête hors du champ de la caméra et les salue.

Sophie ne parvient pas à quitter son ventre du regard. Elle ressent à nouveau un soupçon de tristesse en constatant qu'elle est passée à côté d'une grande nouvelle.

— Que se passe-t-il, ma belle ? On dirait que tu as vu un fantôme, demande Tiphaine devant son air effaré.

— Je n'étais pas au courant que tu étais enceinte, encore moins au bord de l'implosion. Tu as fait tout le trajet avec nos cartons dans ton état ?

Voulant la rassurer, la libraire se fait sérieuse.

— Rassure-toi, ce n'est pas moi qui conduisais. Ce sont des jumeaux, alors je pars en congé maternité plus tôt que prévu. Marjo prendra ma place pour une durée indéterminée et on a engagé un jeune homme en CDD pour la remplacer en attendant.

Une main soutenant son ventre, elle tend l'autre vers un stand situé à une trentaine de mètres. Un homme d'environ vingt-cinq ans aux cheveux crépus et au teint olivâtre est juché sur une chaise pliante. De taille moyenne, il doit tendre les bras pour fixer la grande banderole bleue qui arbore le nom et le logo de Livrindigo. Le bas de son pull en laine kaki dévoile une ceinture en cuir cloutée.

— Hé, Steevie ! Tu reconnais Sophie ? lui crie Tiphaine en désignant la jeune femme de l'index.

Se raccrochant au dossier de la chaise, le jeune homme se retourne avec précaution.

— Vampirisme Romantisme ! s'exclame-t-il avec un accent normand à couper au couteau. Je suis fan de ton blog.

On en reparle après ? J'essaye de ne pas me casser la margoulette.

D'un même mouvement, le groupe hoche la tête et Tiphaine se retourne vers Sophie qui essaye d'effacer l'inquiétude de son visage.

— Je suis désolée, souffle-t-elle. Tu nous as fait si peur la dernière fois, quand tu as perdu les eaux au milieu d'un *event* au moment où le bouchon de la bouteille de champagne est parti tout seul !

Tiphaine se masse le ventre.

— C'était un peu ma faute. J'avais trop tardé à partir en congé. Maintenant que j'ai l'occasion de me retirer plus tôt, je ne vais pas m'en priver. Avec trois gamins en bas âge et si l'agrandissement de la boutique a bien lieu, je ne vais pas chômer à partir de cet été.

Sophie sourit, visiblement rassurée.

— En tout cas, merci pour ton aide. En transportant toutes nos affaires, tu nous as ôté une grosse épine du pied… notamment financière.

— Je t'en prie. On est copines et vous générez tellement de commandes dans toutes nos boutiques de France – la mienne en particulier – que je vous devais bien ça.

Elle se tourne vers Steevie qui vient de descendre prudemment de sa chaise.

Rapidement, il retire son pull-over en laine, dévoilant un vieux t-shirt noir délavé orné d'un logo black métal illisible pour le commun des mortels. Il fourre les mains dans un carton et déballe d'autres articles.

— Il faut que j'aille mettre la main à la pâte, annonce Tiphaine à la cantonade. Si vous avez tout, je vais vous laisser et on se revoit demain.

— A priori, on est bons, répond Cendre en regardant autour d'elle les cartons quasi vides et l'étal couvert de livres, de sacs imprimés et de flyers en vrac.

— On peut quand même se prendre un petit selfie ensemble pour dire qu'on est bien arrivés, suggère Sophie.

— D'accord, mais c'est moi qui le prends, pour contrôler l'effet loupe. J'ai déjà le ventre assez rond comme ça !

Après s'être emparée du portable de Sophie avec un sourire espiègle, Tiphaine se rapproche d'elle et enclenche le mode selfie. Une fois certaine que Liam et Cendre sont bien cadrés, elle capture enfin plusieurs clichés en leur criant de changer de pose à chaque fois.

Leur manège tonitruant a attiré l'attention de plusieurs personnes et malgré elle, Sophie sent ses traits reprendre leur masque hautain.

Après avoir souhaité bonne chance à Cendre pour le lendemain, Tiphaine file retrouver Steevie.

— Elle a doublé de volume depuis la derrrnière fois, tente de chuchoter Liam.

L'éclat de rire déjà lointain de la libraire leur révèle que comme d'habitude, il a mal adapté son volume.

— Attention, Liam, le charrie Sophie qui poste déjà les photos sur Insta, tu vas te transformer en Mamie Léontine. Quand tu lui parles au téléphone, on dirait le Hellfest.

— Hé, ne dis pas de vérités sur ma grand-mère ! proteste Cendre avant de lui désigner les piles de livres de leurs partenaires. Tu pourrais m'aider à disposer tout ça ?

À l'ombre de Liam qui accroche la banderole, les deux jeunes femmes s'affairent pendant cinq bonnes minutes avant d'être interrompues par une jeune femme avec un badge accroché autour du cou.

— Cendre Hubert ? Je pourrais vous parler une minute à propos de l'interview de demain ?

La jeune rousse hoche la tête et s'éloigne vers un des espaces de rencontre.

— Le changement est vraiment extraordinaire, sourit

Liam.

— Oui, elle a vraiment gagné en assurance.

— Ce sera sur quoi, ton intervention ?

— J'interviewe une traductrice de romances bit-lit américaines.

— Ah oui, c'est ton truc…

Liam est interrompu par son ventre qui émet un gargouillis sonore.

— On dirait un troll des cavernes. Tu as la dalle ?

— *Ledall* ?

— Tu as faim ?

— Non, justement pas. Je suis stressé pour Cendre, c'est tout.

Sophie lève la tête pour scruter son visage.

— Tu as beaucoup bossé pour pouvoir venir la voir ?

— Hmm…

Bien placée pour reconnaître une esquive, elle voit bien qu'il a les traits fatigués.

— On va se dépêcher de finir et on pourra aller se poser au resto.

— Hmm-hmm, réitère Liam.

Il a l'air de se retenir de tirer sur son pull.

Sentant des picotements se réveiller dans ses extrémités, Sophie éprouve subitement envers le colosse nerveux une profonde sympathie.

Chapitre 9

Samedi 9 mars

L'excitation de la veille la fait toujours vibrer.

Cette fois, Sophie prend garde à ne pas se laisser éblouir par la lumière des projecteurs illuminant l'espace qui commence à se remplir.

Les portes ouvriront officiellement dans une quinzaine de minutes et elle se sent remontée à bloc.

Elle est perdue dans ses réflexions quand Liam pile net. Emportée dans son élan, Sophie l'emboutit et proteste aussitôt.

— Qu'est-ce que tu… ?

— J'ai l'imprrression que l'étal n'est pas pareil qu'hierrrr.

Il est si préoccupé que son accent écossais a redoublé d'intensité.

Cendre tend le cou.

— Quoi ? Je ne vois rien d'ici.

— Attendez un peu, dit Sophie qui les contourne et se dirige vers leur stand aussi rapidement que ses New Rock à plateforme le lui permettent.

Elle parvient à destination en quelques grandes enjambées puis déchante. Les petites piles de flyers et leurs cartes de visite se sont volatilisées. Sous la table, les deux cartons de livres de leurs partenaires sont également introuvables.

— C'est pas joyeux ! s'exclame-t-elle. On a l'air de s'être fait piquer pas mal de trucs.

— Q-Quoi ?

Cendre avance à petits pas précipités pour suivre le rythme des longues foulées de Liam. À leur arrivée devant le stand, ce dernier lui lâche la main pour la laisser faire l'état des lieux.

— Mais comment est-ce possible ? demande-t-il. Les visiteurs sont encore dehors, donc c'est forcément quelqu'un d'ici.

Luttant pour respirer calmement, Cendre se prend les tempes entre les doigts.

— C'est un cauchemar. Il y avait deux milliers d'euros de livres dans les cartons, notamment ceux que Livrindigo nous a sous-traités.

— Pas de panique, réplique Sophie qui tire son portable de sa poche. Liam, tu aperçois Tiphaine ou Steevie ?

Profitant de son format maxi, l'Écossais étire le cou, mais ne repère aucune frange bleue façon Betty Page ou de t-shirt de black métal.

— On va devoir régler le problème tout seuls, *girls*.

Il se radoucit instantanément quand il remarque les larmes dans les yeux de Cendre.

— *My love*, ça va s'arranger, dit-il en venant l'embrasser sur le front.

Sophie est viscéralement outrée. Depuis le jour de leur rencontre, sur les bancs de l'école primaire, elle n'a jamais supporté de voir son amie faire la pluie avec ses yeux. Leur situation et l'injustice qu'on vient de leur faire lui rappellent son atroce sentiment d'impuissance chaque fois qu'elle se retrouve ciblée par les brimades et les remarques acerbes de Mina.

D'ailleurs, en y songeant bien...

— Je crois que j'ai ma petite idée sur la question ! s'exclame-t-elle.

Avant de contacter Tiphaine, elle va mener sa propre enquête. Le chemin vers la vérité lui semble tracé à l'encre rouge.

Elle remet son portable dans sa poche.

— Vous pouvez m'accompagner, mais je préférerais que tu sèches tes larmes avant, Cendre. Je ne veux pas qu'elle te voie pleurer.

— Tu sais qui est responsable ? demande Liam qui colle un Kleenex sous le nez de sa copine.

— Je n'ai aucune certitude, mais si on débarque à trois, on aura plus de chances de lui faire cracher le morceau.

— Mais de qui tu parles ? gémit Cendre qui se tamponne les yeux sous ses lunettes.

Sans répondre, Sophie repère le stand devant lequel se dresse Mina et s'y dirige avec l'assurance d'un bulldozer. La veille, elle avait vérifié son emplacement pour être certaine qu'elles passeraient la majeure partie de l'événement séparées par une distance de sécurité qui leur permettrait de s'ignorer mutuellement.

En chemin, une petite partie d'elle lui susurre qu'elle est peut-être en train de faire fausse route et d'accuser la mauvaise personne par vengeance personnelle. Toutefois, ses scrupules sont vite balayés : l'expression narquoise du visage de Mina quand elle les voit débarquer est éloquente.

— Sophie, que me vaut le plaisir ?

— Tu sais ce que c'est, ça ? demande cette dernière en désignant un des spots.

Écartant ses mèches caramel de son visage, la jeune femme fait mine de lever la tête vers la lumière en se protégeant les yeux.

— Le boîtier noir, là ? invente Sophie.

Mina cligne des paupières. Elle est visiblement décontenancée et cherche du regard un éventuel soutien de la part de quelqu'un.

Une brune aux cheveux longs vient se positionner à côté d'elle. Elle porte autour du cou une lanière avec le badge plastifié du salon.

— Il y a un problème ?

— Vous travaillez ici ? demande Sophie.

— Je suis bénévole, oui.

— Notre stand a été dévalisé et on m'a confirmé que les caméras de surveillance ont tourné toute la nuit.

Mina affiche un air narquois comme si elle refusait d'y croire, mais son amie devient très pâle et ses lèvres se mettent à trembler.

— Je me demandais si vous aviez vu quelque chose sur votre caméra, parce que sur les enregistrements filmés de notre côté, c'est parfaitement clair.

Alors que Liam se redresse de toute sa taille et que Cendre ouvre de grands yeux incrédules, Sophie poursuit son manège.

— Vu que certains de nos cartons appartenaient en fait à Livrindigo, je vais devoir en informer la gérante afin qu'elle porte plainte auprès des organisatrices du salon.

Mina lève les yeux au ciel d'un geste irrité quand son amie la regarde d'un air impuissant.

— Je… commence celle-ci.

— Oui ?

— Il s'agit sûrement d'un malentendu. Quelqu'un a dû recevoir les mauvaises instructions.

— Il faut croire, en effet.

Sophie reste inflexible.

— Je vais me renseigner pour savoir où se trouvent vos affaires et je vais demander qu'on vous les restitue immédiatement, marmonne la jeune femme brune.

Quand le trio la remercie sèchement, elle file sans demander son reste et Mina, dépitée, part se réfugier derrière son étal. Ses faux airs contrits tapent sur les nerfs de Sophie qui sait pertinemment que c'est du cinéma.

— Je ne vois pas pourquoi vous êtes venus me poser la question, a-t-elle le culot de dire.

— Ah non ?

Protégée par la table qui se dresse entre elles, Mina pointe fièrement le menton, mais ne répond pas.

— Viens, Sophie, on peut retourner à notre stand, souffle Cendre d'une toute petite voix.

Les deux rivales ne se quittent pas du regard jusqu'à ce que l'amie de Mina revienne les aborder en s'éclaircissant la gorge.

— On a localisé vos affaires. On vous les ramène immédiatement.

Sophie hoche sèchement la tête, tourne les talons et invite ses deux amis à repartir la tête haute. Jouant le jeu, ils gardent la pose jusqu'à ce qu'ils se soient suffisamment éloignés pour s'autoriser à laisser tomber le masque.

Ils échangent des regards tiraillés entre le stress et l'incrédulité.

— Je n'aurais jamais pu affronter la situation toute seule, soupire Cendre.

Elle se tourne vers Liam qui se mord les lèvres d'un air étrange.

— J'ai toujours eu du mal à passer à l'acte, alors je n'aurais peut-être pas réussi à résoudre le conflit non plus, avoue-t-il.

Devant leurs airs dépités, Sophie reprend le contrôle de la situation.

— On ne va pas laisser cette fille gâcher ce qui est sans doute la journée la plus importante pour notre blog.

— Mais que se passe-t-il, exactement ? demande Cendre qui ne veut pas lâcher l'affaire. Tu nous avais prévenus de nous méfier d'elle, mais je ne m'attendais pas à ça.

— Je la connais depuis deux ans et demi et c'est une

vraie plaie.

Un silence embarrassé lui répond… à moins qu'elle ne projette ses propres sentiments sur la situation. Ce n'est pas facile de confier qu'on subit des brimades, même à son amie d'enfance.

— Elle ne perd jamais une occasion d'attaquer les gens à la dérobée. Ce ne sont jamais des insultes très graves, mais elles sont toujours lancées au pire moment possible.

— Là, quand même, c'est du vol. Ce ne sont pas de simples paroles, intervient Liam.

— Certes…

— Qu'est-ce qu'elle te dit ? demande Cendre d'une voix tremblante.

Sophie prend une grande inspiration et redresse le dos.

— Depuis qu'elle a découvert que ma langue maternelle n'est pas le français, elle s'adresse parfois à moi en articulant bien pour être certaine que je comprenne.

— *That's racist!* s'exclame Liam.

Cendre acquiesce.

— Elle parle tout le temps de soirées, d'événements littéraires à Paris. Une fois, elle m'a lancé qu'elle me donnerait l'adresse d'un coiffeur pour me faire lisser les cheveux, parce qu'avec mon look, je ne serais jamais invitée.

— *Okay, that's super racist.*

— Je ne sais pas.

— Si, insiste Cendre. Pourquoi tu émets une réserve ?

— J'ai plutôt l'impression que c'est une forme de classisme.

— On se fiche de la définition. C'est du harcèlement.

Sophie est tiraillée entre une profonde reconnaissance envers son amie et l'envie de lui dire de ne pas se montrer aussi naïve.

— En fait, elle sait parfaitement que personne ne lui dira rien, parce que tout le monde est au courant que l'industrie du livre est coupe-gorge de toute façon. Elle teste son pouvoir et comme elle est friquée et qu'apparemment, elle a des relations, on ferme tous la bouche le temps de trouver la bonne planque.

Cendre échange un regard avec Liam puis se gratte le nez.

— Une fois qu'elle se sera calmée, vous deviendrez peut-être copines, comme Elle et Vivian dans *La Revanche d'une blonde*.

— Certainement pas ! rit Sophie. Je suis polie avec elle par humanité, mais pour ma part, elle est irrécupérable.

Elle laisse sa déclaration résonner dans l'air pendant quelques secondes puis se tourne vers Cendre en essayant de faire bonne figure.

— On oublie tout et on revoit ensemble ce que tu vas dire pendant ton interview ?

Chapitre 10

Sophie s'abreuve de l'atmosphère électrisée du salon après l'intervention de Cendre. Les questions du public ont fusé, notamment sur l'implication des « fans » dans le paysage littéraire français à travers les comptes de chroniques et l'impact de cette pratique sur le marketing des maisons d'édition.

À présent, c'est à elle d'entrer en scène.

Elle n'est pas vraiment stressée, vu qu'elle a discuté sur Skype avec son interlocutrice à de nombreuses reprises et a potassé ses questions dans le train.

Quand elle adresse un signe discret à Liam pour lui signaler qu'elle doit aller se mettre en place, il tapote l'épaule de Cendre. Encore accaparée par une journaliste, celle-ci tourne la tête vers elle et mime un cœur avec les mains.

Sophie secoue la tête d'un air amusé.

Convaincue qu'il lui reste un bon quart d'heure, elle tire son téléphone de sa poche d'un geste machinal. Elle découvre alors qu'elle a reçu trois appels en absence de ses parents. Comme à leur habitude, ils ne lui ont pas laissé de message.

Saisie par une panique inopportune à quelques minutes de son intervention en live, elle file vers les coulisses pour trouver un endroit tranquille. Slalomant entre des visiteurs chargés de sacs de livres, elle parvient jusqu'à un couloir qui mène à des bureaux vides, se cale dans un coin et clique sur le numéro de l'appart familial.

Ça décroche au bout de deux sonneries.

— Allô, c'est moi.

Au bout du fil, sa mère paniquée répète en boucle des phrases décousues au sein desquelles Sophie croit reconnaître quelques mots.

— *... photos... shocking...* Sophie... *shame...*
— Maman, de quoi tu parles ? Respire.

Elle n'a vraiment pas envie que sa mère se lance dans de grands discours, mêlant l'anglais, l'akan, le français et des gestes exagérés qu'elle n'est de toute façon pas là pour voir.

— *Mom*, calme-toi, c'est de l'art. C'est pas grave, entend-elle son petit frère dire en arrière-plan.

Quand sa voix gagne en intensité, Sophie comprend qu'il s'est rapproché du combiné.

— Kwasi, que se passe-t-il ? Papa est là ? Il est arrivé quelque chose ?

Surprise par le tremblement qu'elle décèle dans sa propre voix, elle cale une épaule contre le mur pour soulager ses jambes qu'elle sent flageoler.

— Kwasi ! répète-t-elle d'un ton légèrement plus strident.

Les bruits dans le haut-parleur lui indiquent que le téléphone vient de changer de main. En sourdine, elle entend sa mère arpenter la pièce tout en marmonnant des litanies en akan.

— Papa est parti faire une course pour se calmer. Ça fait une demi-heure et il n'est toujours pas revenu. Tu sais comment il est...

— Mais que se passe-t-il ?

— Écoute, on a reçu des photos de toi.

— Des photos ?

Ce simple mot résonne si fort contre les parois vitrées des bureaux qu'elle craint qu'il ne les fasse voler en éclats qui l'épingleraient au mur tandis qu'elle se viderait de son sang.

— Quelles photos ? demande-t-elle d'une voix blanche.

— Ne t'inquiète pas. Apparemment, c'est une campagne de pub qui vient de sortir sur Internet. Je ne connaissais pas la marque. Tu es allongée sur des fleurs et tu es peinte en rouge. On te reconnaît à peine.

Le cerveau de la jeune femme turbine à toute vitesse.

Ça lui évoque un shooting en tout début d'année. Quasiment dénudée et couverte de peinture corporelle bleu nuit le matin et rouge l'après-midi, elle avait posé étendue sur des tissus moirés dont les plis artistiquement travaillés évoquaient tantôt des vagues, tantôt des fleurs qui seraient rajoutées numériquement durant le retouchage.

— Kwasi, explique-moi le problème. Ce sont des clichés tout à fait normaux.

— Je sais bien, ma belle, mais en fait, on n'est pas tombés dessus sur Internet. Papa a reçu un mail d'une adresse qu'on ne connaît pas et qui contenait un lien qui pointait vers la page de la campagne.

Sophie a l'impression de recevoir un uppercut en pleine poitrine.

— Pardon ? articule-t-elle. Vous avez quoi ?

— Papa a reçu un mail, répète Kwasi d'une voix désolée. Il n'y avait que quelques phrases pour nous informer poliment que tu posais pour des photos... dénudées... et que la personne était très inquiète et préférait nous en informer.

— Mais c'est ridicule ! s'exclame Sophie. Je n'étais pas nue. Je portais des sous-vêtements parfaitement normaux et j'étais peinte des pieds à la tête. La photo a été trafiquée ? Je ne vois même pas de quoi tu parles ; je n'ai pas encore vu le résultat final.

À son grand désarroi, sa gorge se noue d'appréhension. Elle pénètre dans un bureau, se laisse tomber dans un fauteuil et plaque une main sur son front.

Kwasi a dû entendre son soupir.

— Ne t'inquiète pas. Ils t'ont photoshoppée pour que les sous-vêtements ne se voient pas, mais ce n'est pas vulgaire, c'est simplement artistique… Encore une fois, on te reconnaît à peine.

Sophie enregistre ses propos avec un temps de retard et le remercie d'une voix qui se brise.

Elle entend alors sa mère se rapprocher du combiné d'un pas lourd et comprend qu'en dépit des efforts de Kwasi, ce dernier vient de nouveau de changer de main.

— Sophie, ma fille… ces photos ? Tu te laisses abuser ! Ce n'est pas possible.

— Maman, calme-toi. Tu as entendu ce que t'a dit Kwasi. J'étais habillée, j'étais recouverte d'une épaisse couche de peinture et les graphistes ont simplement trafiqué ma silhouette pour réaliser l'image finale. Il n'y a pas de quoi s'inquiéter.

— Mais pourquoi quelqu'un voudrait-il nous mettre en garde si tu ne courais pas de danger ?

— Je ne sais pas, Maman. Pour me nuire.

Le souvenir de Mina et de ses brimades répétées se matérialise dans son esprit. Mais c'est trop incroyable. Comment s'y serait-elle prise ?

— Maman, tu es certaine que ce n'est pas quelqu'un de la famille qui ne supporte pas que les filles fassent des études et travaillent ?

— Finir nue sur une affiche, ce ne sont pas des études ! se lamente sa mère alors que Kwasi lui souffle « calme-toi, Maman ».

Sophie a l'impression que sa peau la brûle. Ce n'est pas la première fois que ce genre de discussion émerge entre ses parents et elle, particulièrement depuis qu'elle a commencé à exprimer une certaine esthétique par le biais de ses vêtements et de sa musique.

— Je ne veux plus que tu fasses de photos ! s'écrie sa mère.

Le cœur brisé, la jeune femme se retient de hurler dans le combiné. Elle ne devrait pas avoir à justifier une expression naturelle de son tempérament artistique.

— Tu m'entends, Sophie ? *You hear me?* On en parlera quand ton père rentrera.

— Maman, je ne suis pas à Lyon pour le moment, tu t'en souviens ? Je passe le week-end au salon du livre. Avec Cendre, Liam et Tiphaine, la dame de la librairie.

Elle sourit malgré elle en s'imaginant la tête que tirerait Tiph en s'entendant désigner ainsi.

— T-tu as encore voyagé seule ?

— Je suis certain que ça s'est bien passé, intervient Kwasi. Elle a l'habitude et les TGV sont sûrs. Tiens, Maman, bois un peu de thé. Je peux reprendre Soph' au téléphone pendant que tu restes assise sur le canapé.

Elle voudrait bénir son frère, mais c'est peine perdue, car le combiné suit les pas lourds qui traversent la pièce. Puis elle entend le cuir du canapé crisser.

Levant les yeux au ciel, Sophie lit l'heure à la pendule murale.

— On peut en reparler ce soir ? Je dois faire une interview en live et je vais être en retard.

— Une interview ? demande sa mère avec un reniflement.

— Oui, avec une traductrice de romans que j'aime bien. Je suis désolée pour toute cette histoire, Maman, mais je dois vraiment y aller. Entretemps, je vais vérifier de quelles photos il s'agit.

Elle refuse de laisser voir à sa mère à quel point elle est déchirée par cet événement qui vient d'atomiser sa journée comme un boulet de canon.

— Je vais attendre que Papa revienne. Je ne sais pas dans quel état, d'ailleurs, dit Kwasi en sourdine. Maman ?

Donne-moi le téléphone, je vais dire au revoir à Sophie.

L'appareil change enfin définitivement de main et elle entend la porte du balcon grincer.

— Je ne crois pas que ce soient des gens qu'on connaisse, commence son frère. Généralement, quand quelqu'un nous contacte, c'est de vive voix ou alors avec une adresse reconnaissable.

Pas besoin de parler ; elle comprend sa question silencieuse.

— J'ai une ennemie à la fac, avoue-t-elle. Je n'aurai aucune preuve tant qu'on n'aura pas découvert la source de ce mail, mais le cyberharcèlement est sa marque de fabrique.

Un silence de quelques secondes s'instaure.

— Première nouvelle, dit Kwasi d'une voix dénuée d'émotions. Remarque, avec toi, c'est difficile de savoir ce qui se passe ; tu ne te confies jamais.

— C'est pour ne pas vous inquiéter. Jusque-là, c'était juste une biatch qui me cherchait des noises au quotidien sans jamais réussir à m'atteindre, mais depuis qu'elle a percé dans le monde du bookstagram, on ne la tient plus. Je t'expliquerai.

— Donc, tu n'es pas la seule victime.

Victime.

Le mot de son petit frère entaille si profondément son ego qu'elle érige de véritables fortifications pour s'empêcher de saigner davantage.

— On en reparle plus tard. Ce n'est pas une esquive, je dois vraiment aller bosser, dit-elle alors qu'elle reçoit un double appel. Quelqu'un d'autre me fait sonner. À ce soir.

— Comme tu…

Se forçant à être impitoyable, elle se redresse d'un bond, coupe court à l'appel et décroche.

C'est Cendre.

— Où tu es passée ? Tout le monde te cherche.

— J'ai dû aller m'isoler pour résoudre un problème familial. J'arrive tout de suite.

D'une main, elle pousse la lourde porte métallique qui donne sur l'espace principal. Sous l'éclat des spots, des points dansent devant ses yeux et elle perd connaissance pendant une microseconde. Les contours du monde disparaissent autour d'elle. Puis, tout aussi rapidement qu'il était arrivé, son malaise s'estompe alors qu'elle se raccroche comme à une bouée de sauvetage à la main qui s'est refermée sur son biceps.

— Ça va ?

Elle cligne des paupières en reconnaissant les cheveux crépus et le teint légèrement basané de Steevie. Aujourd'hui, son sweatshirt à capuche délavé affiche le logo d'Emperor.

Le sourire reconnaissant qu'elle lui adresse exprime bien plus d'émotions qu'elle en témoigne généralement à des inconnus.

— Oui, merci, juste un étourdissement.

— Cendre te cherchait là-bas, près de la scène 3.

Lançant un dernier merci au jeune homme qui la regarde partir sans bouger, elle file à travers la foule. Craignant que son aura ne trahisse les séquelles de la scène qu'elle vient de vivre avec sa mère, elle tente de décrisper ses épaules.

Déboulant au pied de la petite estrade où l'équipe du salon a fini d'installer les caméras depuis longtemps, elle est alpaguée par une assistante qui lui accroche rapidement un micro et une batterie. Elle adresse un signe du menton et un geste d'excuse à la traductrice qui a l'air rassurée de la voir puis tourne la tête vers Cendre et Liam qui sont venus la retrouver.

Ce dernier plisse le front d'inquiétude.

Respire. Détends-toi.
Elle va avoir du mal à donner le change.

Chapitre 11

— … c'est pour ça que je remercie les organisateurs du salon de m'avoir invitée à témoigner. Les traductrices sont souvent les parents pauvres du monde de l'édition.

— Particulièrement lorsqu'elles traduisent de la « paralittérature ».

— Ce terme me hérisse.

— Moi aussi.

Sophie mène son interview dans un état de flux.

Elle ne pense plus à rien, ne songe même pas qu'elle projette son image en direct, se sent aussi bien que lors des discussions sur Skype avec Cendre.

Ce n'est que lorsque l'entretien prend fin et qu'elle se lève pour qu'on lui retire son micro que son ventre creux l'informe qu'il est largement l'heure de déjeuner.

Cherchant du regard Cendre et Liam au sein de la foule des visiteurs, elle a la surprise de les découvrir en compagnie de Mme Michel, leur institutrice du primaire.

— Sophie ! Ça fait longtemps que je ne t'avais pas croisée. Tu es tellement grande !

La retraitée se hisse sur la pointe des pieds pour lui enrouler un bras autour des épaules et Sophie se baisse au maximum.

— Je ne savais pas que vous seriez là.

— Depuis que mon emploi du temps m'appartient, j'en profite pour enchaîner le plus d'événements culturels possible.

— Vous aviez déjà rencontré Liam ?

— Oui. Le jeune homme au *sporran* poilu. J'étais présente à Livrindigo lors du tournage de la vidéo.

Sophie se tourne vers le couple qui devient écarlate.

— On va retourner au stand pour essayer de faire

quelques ventes avant le déjeuner, dit Cendre avant de s'éclipser rapidement en compagnie de son chéri.

Restée seule avec Mme Michel, Sophie a l'impression de faire un bond de quinze ans en arrière.

— C'est grâce à vous tout ça, vous savez.

La retraitée ouvre de grands yeux derrière ses lunettes à monture fantaisie.

— Que veux-tu dire ?

— Si vous ne nous aviez pas autant encouragées à lire, nous n'en serions pas là.

— C'est gentil.

Un silence confortable s'installe alors que Mme Michel scrute son visage.

— Tu es en dernière année de licence, n'est-ce pas ?

— Oui. Tout se passe bien, mais je procrastine mes envois de CV à des maisons d'édition. Mes missions de mannequinat et de voix off me permettent déjà de vivoter.

— Tu n'es pas du genre à vivoter, Sophie.

Elles se regardent dans les yeux.

— Qu'est-ce qui ne va pas ? demande Mme Michel.

Cette vaste question la pousse à se réfugier au centre d'elle-même.

— Avec le mannequinat qui marche bien et le succès de Nozinabook et de Vampirisme Romantisme, j'ai du mal à me projeter dans le milieu de l'édition traditionnelle.

— Ah...

L'ancienne institutrice détourne le regard afin de rassembler ses pensées.

— Ce serait dommage d'avoir passé trois ans à étudier les métiers du livre pour intégrer une autre industrie juste après.

— C'est ce que je me dis. C'est juste que j'ai tellement pris l'habitude d'établir notre calendrier éditorial, de mettre en avant les livres qui nous intéressent et d'organiser nos actions marketing que j'ai peur...

— De quoi ?

— ... de me fossiliser dans un travail de bureau.

Elle prononce ces mots d'un ton si terne que Mme Michel éclate de rire.

— Ce serait terrible, en effet, plaisante-t-elle. Écoute, je ne vais pas t'apprendre que le monde de l'édition est vaste. Tu es bilingue. Tu pourrais peut-être t'orienter comme scout littéraire, que ce soit dans le domaine de la traduction ou de l'adaptation audiovisuelle.

Sophie émet un petit *hmm*, mais ne répond rien. Elle n'a pas envie de révéler qu'en ce moment, elle est fatiguée d'avance en songeant à tout ce qu'elle va devoir faire pour se bâtir une carrière.

Heureusement, la retraitée change de sujet.

— Si tu veux, on pourra se revoir à Lyon avant la fin de l'année universitaire. Je suis marraine d'une des associations qui soutiennent le Festival des arts vivants. Tu y participes ?

— J'ai pris un formulaire, mais je ne suis pas encore inscrite.

Elle a l'impression que le monde entier conspire pour lui faire rejoindre l'événement.

— Je te le conseille vivement. Ça ferait très bien sur ton CV et je pourrais te présenter pas mal de personnes.

Son ton amical fait sourire Sophie qui accepte de remiser ses doutes.

Après la crasse que Mina leur a faite et le mystérieux email reçu par sa famille, elle a réussi à rebondir et à rester professionnelle malgré la sensation que tous les projecteurs de l'espace étaient braqués sur elle, mettant en relief la moindre de ses imperfections.

Elle survivra.

Pendant une seconde, l'image d'une tache rouge s'impose à son esprit et elle sent qu'elle manque d'air.

— Tu étais très bien sur scène. Je serais vraiment curieuse de voir ce que tu ferais si tu rejoignais le festival.

Elle se rend compte qu'elle aussi, et ce dernier compliment de sa prof scelle sa décision.

— On se prend un petit selfie ? propose-t-elle.

— Volontiers.

Sophie sort son portable et plie les genoux pour entrer dans le cadre, tandis que Mme Michel retire ses lunettes et sourit de toutes ses dents.

— Tu me l'envoies sur Insta ? demande-t-elle. Je suis @laura.michel.lectures.

Sophie s'exécute et donne une dernière étreinte à la retraitée alors que son ventre gargouille.

— Désolée. Je crois que je vais rejoindre Cendre et Liam pour aller déjeuner.

— On garde le contact.

Les deux femmes se séparent sur un dernier salut et Sophie profite du trajet pour poster le selfie en story.

Elle n'est pas encore parvenue au stand de Nozinabook qu'elle reçoit un message de Morrigan.

Morrigan : Tu connais Laura ? Elle est super active autour du festival.
Sophie : C'était mon instit.

Elle repense à tout ce qu'elle vient de vivre et se jette à l'eau.

Sophie : J'ai décidé de m'inscrire pour le festival.
Morrigan : Je savais que tu allais changer d'avis.

Bienvenue :)

Chapitre 12

Mardi 12 mars, la Croix-Rousse

Combinant des teintes rouges et ocre, l'intérieur du troquet est chaleureux.

Depuis qu'elle est en âge de sortir, Sophie a toujours aimé les ambiances pub, même en milieu de journée. Rehaussée par le parfum du spéculoos que Morrigan vient de déballer, l'odeur des espressos embaume le plateau de la grande table à laquelle le groupe vient de s'installer.

Une Asiatique de trente-cinq ans habillée d'un tailleur-pantalon agite la main pour attirer l'attention.

— Bonjour. Merci de vous être déplacés. Je m'appelle Shin Perrin et je suis responsable pédagogique sur le pôle universitaire. Dans le cadre du festival, je suis chargée de la médiation entre les différents groupes de bénévoles. Vous êtes le groupe numéro 4. Je vois que quasiment tout le monde a fait le déplacement.

Du regard, Sophie effectue un tour de table. Avec deux frissons bien distincts, elle confirme la présence de Jérôme et de Mina.

Après un bref tour de table pour les présentations, Shin explique le calendrier des événements. Elle passe en revue ce qui a déjà été mis en place ainsi que les rôles à remplir.

— Bien entendu, nous cherchons avant tout à développer des projets culturels et des numéros de scène, mais nous avons également besoin d'assez de personnes pour travailler sur la com' autour du festival. Une bonne publicité est indispensable si on veut attirer du public et continuer à recevoir des subventions l'année prochaine.

N'ayant pas particulièrement envie de se produire sur scène, Sophie lève la main.

— Je suis intéressée par tout ce qui touche aux réseaux sociaux et à la promotion des événements.

Shin braque vers elle des yeux qui pétillent.

— Oui, Sophie, je te connais de réputation. Je parlais de Nozinabook l'autre jour avec des amis qui ont des ados. Ils se connectent tous les jours pour découvrir de nouveaux livres. J'avoue que je connaissais très peu le monde du bookstagram.

— Merci.

Du coin de l'œil, Sophie voit que Mina tique. Se rappelant qu'elle est au-dessus de ce genre de sentiments, elle réprime une joie mauvaise.

— Je peux t'intégrer à notre plan média, reprend Shin. On va rechercher activement des interviews pour faire connaître le calendrier de nos événements et vendre les billets pour le gala le plus vite possible. Ça nous retirera une immense épine du pied.

— C'est bon pour moi, acquiesce Sophie. Je vais essayer de faire jouer mes contacts, même si j'évolue dans le milieu de la littérature plus que dans celui des arts vivants.

— Je pourrai t'aider, renchérit Morrigan.

Shin accepte leur proposition, raye une ligne sur son carnet et passe au point suivant. Elle demande à chacun de présenter son projet artistique.

À côté de Mina, Sasha, une fille que Sophie n'avait jamais rencontrée, dit qu'elles ont envie de monter un spectacle de marionnettes basé sur des poèmes ou des textes extraits du corpus de la littérature française.

En dépit de l'air supérieur des deux jeunes femmes, Sophie s'avoue intriguée.

Elle n'a pas le temps de s'y attarder, car Shin attire son attention vers un coin de la table qu'elle évite du regard depuis leur arrivée.

— Jérôme, tu participes en tant qu'artiste cette année ?

Le jeune homme braque sur elle un regard franc et hoche vigoureusement la tête.

— Oui, j'aimerais illustrer des poèmes personnels par des photographies et un numéro de danse contemporaine. Ma danseuse, Isabelle, n'a pas pu se déplacer, mais elle est d'accord pour qu'on travaille ensemble. J'ai également un ami photographe qui a accepté de prendre les clichés pour une fraction de son cachet habituel.

— C'est très bien, mais tu auras quand même certains frais, dit Shin. Tu veux faire une demande de subvention ?

— Oui. Je vais y être contraint.

— Ce n'est pas un problème. Vous savez tous comment ça fonctionne ?

Elle explique rapidement au groupe le système de financement pour la mise en œuvre de leurs projets. Sophie n'écoute que d'une oreille, captivée par les mains de pianiste de Jérôme qui écartent ses cheveux de son front.

— Alors, reprend Shin, tu vises plutôt un de nos espaces d'exposition durant la semaine et pas la scène lors de la soirée de gala ?

— Oui, plutôt.

— Je vous rappelle que le public votera pour désigner son projet préféré. La récompense est un passage au journal télévisé local. Participer à la soirée de gala offre généralement plus de votes.

Cherchant à peine à dissimuler son rictus, Mina a l'air de jubiler.

— Ça ne me dérange pas, dit Jérôme.

Il s'interrompt pendant quelques secondes pour accrocher le regard de Sophie.

Celle-ci se sent aspirée par ses prunelles noisette et le reste du troquet disparaît.

— Puisque c'est un projet basé sur la photographie, je pensais proposer à Sophie d'être la modèle principale.

Estomaquée, la jeune femme ne sait pas quoi répondre alors que les regards se tournent vers elle.

— Tu as de l'expérience face à la caméra et tu as inspiré certains de mes poèmes, poursuit Jérôme qui ne la quitte pas des yeux.

Sentant sa langue venir se coller à son palais, elle tente vainement de formuler une répartie, mais rien ne vient.

Heureusement, Shin lui vient en aide.

— Vous pourrez en discuter en privé plus tard, mais faites-moi parvenir votre réponse rapidement pour que je puisse débloquer les fonds. Suivant…

Sophie écoute à peine le reste des présentations.

Elle ne s'était pas attendue à se retrouver mise au pied du mur par ce garçon et hésite entre se tourner vers lui pour tenter de déchiffrer son expression ou faire comme s'il n'existait pas.

Le rictus mauvais de Mina et le regard entendu qu'elle échange avec Sasha lui provoquent une rage folle, attisée par son impuissance à se redresser pour aller lui donner une claque et la mettre dehors. Elle ne veut pas laisser des moqueries gâcher ce moment, certes imprévu, mais terriblement… romantique.

Un peu perdue, elle tente de se redonner une contenance en revêtant de nouveau un masque hautain.

De l'autre côté de la table, Jérôme lui fait signe qu'ils pourront échanger leurs numéros et s'appeler plus tard.

Sentant ses joues s'échauffer malgré elle, elle pousse un soupir las.

Au temps pour l'indifférence glaciale.

***

Il fait noir depuis longtemps quand Sophie s'engage dans la rue qui mène à sa maisonnette. Après la réunion, elle est retournée à la bibliothèque de la fac pour travailler pendant plusieurs heures.

L'estomac tordu par la faim, elle se sent épuisée et regrette la baignoire de l'appartement familial de Granfleur. Elle aurait envie de plonger dans de l'eau toute fumante pendant trois bons quarts d'heure.

Savourant cette chaleur imaginaire, elle croise les doigts pour que Mme Gisèle ait laissé le poêle allumé dans le salon lorsqu'elle remarque qu'un mec de son âge en jogging est assis sur le muret du jardin.

Quand il l'aperçoit, il se redresse et fourre ses écouteurs dans ses poches.

— Sophie ?

Elle ressent une seconde de panique, puis il tourne la tête vers la lumière et elle reconnaît un de ses cousins de la Tête d'Or.

— Bright ? Tu m'attendais ?

— Tu rentres tard.

Interloquée par son ton accusateur, elle se fait violence pour lui répondre poliment.

— Je travaillais à la bibliothèque du campus.

Un silence oppressant s'instaure alors qu'il la dévisage des pieds à la tête sans rien dire. En dépit de ses semelles compensées, elle reste plus petite que lui. Refusant de montrer sa nervosité qui monte en flèche, elle pointe le menton.

— Il s'est passé quelque chose pour que tu viennes me voir ?

— Oui, plutôt.

Son ton est catégorique et Sophie comprend qu'il essaye

à dessein de la mettre mal à l'aise.

— Tu ne me fais pas entrer ? demande-t-il en faisant un geste vers la porte.

— Je ne préfère pas, non. C'est un peu tard pour ma logeuse.

— Hmm.

Le pli narquois de ses lèvres la fait enrager.

— Tu peux me dire ce qui se passe, à la fin ? J'ai eu une longue journée et j'ai envie de rentrer.

Il hausse les épaules comme s'il s'apprêtait à lui faire une faveur en lui fournissant des explications.

— Tes parents ont appelé les miens pour qu'on vienne voir si tu te portes bien.

Elle a l'impression qu'un immense coup de bélier l'a renvoyée dans les bureaux du salon du livre lorsque sa mère criait sa panique dans le combiné.

— Pardon ?

— Tu sais, ils t'ont laissée venir étudier ici parce qu'ils savaient qu'on était là pour veiller sur toi.

— Qui ça, « on » ?

— La famille, les frères, les cousins, quoi.

Il tente de lui caresser la joue, mais elle esquive le mouvement en levant une main défensive.

— Bright, explique-toi !

— Pas besoin d'être agressive.

Elle veut lui décocher une réplique acérée, mais se mord la lèvre quand il reprend la parole.

— Tes parents nous ont parlé des photographies qu'ils ont vues.

— C'était juste une campa…

— C'est pas bien ce que tu fais, Sophie.

— C'était une campagne de publicité tout ce qu'il y a de plus normal. Le résultat final a été photoshoppé et…

— Tu essayes de te justifier parce que tu sais que tu nous fous la honte.

Cette fois, elle a l'impression de s'être pris un uppercut dans le ventre. La voyant incapable de répondre, Bright ne lui témoigne aucune pitié.

— Tu t'habilles comme une tepu, lance-t-il en la désignant des pieds à la tête, tu fais des photos de tepu, tu…

— Je t'arrête tout de suite ! Qui tu es pour me parler comme ça ? C'est notre culture ou la France qui t'a appris à considérer les femmes de la sorte ?

— De quoi tu parles ? Sois pas agressive. Je veux juste t'empêcher de…

— M'empêcher ? Tu n'es rien ni personne pour venir me contrôler. Je n'ai aucun compte à te rendre.

Elle tente de le contourner, mais il fait un pas de côté pour l'arrêter.

— Tes parents pensent le contraire.

— Mes parents ne t'ont certainement pas demandé de venir me harceler.

Bright recule d'un pas et lève les mains d'un geste si irrité qu'elle se glace.

Dressé entre le portail du jardin et elle, il serait parfaitement capable de l'arrêter si elle essayait de décamper vers la porte d'entrée.

— Je voulais juste te mettre en garde, dit-il d'un ton tranchant alors que ses prunelles se font glaciales. Ne t'avise plus de nous foutre la honte.

Après un dernier coup d'œil méprisant, il s'éloigne d'une démarche exagérément chaloupée, comme s'il se balançait en rythme d'un pied sur l'autre.

Elle aurait trouvé ça ridicule s'il ne l'avait pas autant stressée.

Quand il se retourne enfin pour pointer une dernière fois

le menton vers elle, elle oublie toute sa fierté et file vers la maisonnette à toute vitesse. Ses mains tremblent tellement qu'elle laisse tomber son trousseau de clés sur le paillasson et se baisse maladroitement pour les récupérer avant de s'engouffrer dans le vestibule. Elle se débarrasse rapidement de ses chaussures et gravit les marches qui la mènent à sa chambre.

Tenter de s'expliquer auprès de sa mère avait déjà été difficile, mais recevoir la visite d'un mec qu'elle ne connaît somme toute pas très bien avait été pire.

Elle a envie de crier, de se défendre, d'appeler immédiatement ses parents pour leur demander pourquoi ils l'ont fourrée dans une telle situation, pourquoi ils se sont servis de la colère masculiniste de son cousin comme d'une arme.

Mais une fois parvenue dans le silence de sa chambre plongée dans la pénombre, elle s'adosse à la porte, inspire à plusieurs reprises et sent sa colère retomber.

Au fond d'elle, elle sait pertinemment qu'ils n'ont pas manigancé cette confrontation. Elle ne se sent pas moins déchirée, prisonnière de cet espace entre deux mondes qu'elle tente de se forger en solitaire.

Le souvenir de la colère menaçante dont Bright vient de l'accabler s'impose à son esprit, suivi successivement par les manières prévenantes de Liam, la main de Steevie qui lui prend le bras pour la retenir, Tonton Michael qui la fait danser pendant la fête de Noël, la voix de Kwasi au téléphone, rassurante, alors qu'il faisait le tampon entre sa mère et elle.

Pendant qu'elle se déshabille pour aller se doucher, elle repense à toutes les conversations qu'elle a eues avec Cendre pour se moquer gentiment des représentations masculines dans leurs romances Fantasifemme.

Son amie dont les rêves étaient seulement habités par des

héros déchirant leurs chemises sur de violents champs de bataille s'est retrouvée avec un colosse tranquille.

Une fois entrée dans la cabine de douche, elle fait couler l'eau chaude. Le plaisir de la sentir ruisseler sur son corps lui fait fermer les yeux et elle revoit Jérôme.

Il lui a écrit des poèmes.

Il la veut en photo.

Il l'a dit en public, sans la moindre honte, sans la peur de se faire rembarrer.

Il a envie de faire quelque chose juste pour elle, qui lui corresponde.

L'espace d'un instant, elle se demande ce qu'il souhaite en échange et son côté cynique lui crie qu'elle le sait parfaitement.

Pourtant, il n'a rien fait pour marquer son territoire, pour la retenir, pour la harceler, pour se l'attacher, pour l'entraver alors qu'elle court dans tous les sens afin de trouver sa voie.

Carrant les épaules sous le jet d'eau fumante, elle prend la décision d'affronter le désir qu'elle a réprimé jusqu'ici.

Elle va lui envoyer un texto pour lui dire qu'elle est d'accord.

Chapitre 13

Jeudi 14 mars, Vieux Lyon

— Non, je n'avais jamais essayé, avoue Sophie.
L'air amusé de Jérôme la met sur la défensive.
— Tu sais, je ne viens pas de Lyon et…
— Je ne me moquais pas. Il y a plein de Lyonnais qui ne sont jamais passés par une traboule.
La jeune femme fait mine de soupirer, mais elle est forcée d'admettre qu'elle se sent à l'aise avec lui. Elle n'aurait certainement pas accepté de parcourir des ruelles secrètes et solitaires avec un autre homme que lui.
— Ça va nous faire un sacré raccourci.
— Si tu le dis.
— Tu n'es pas convaincue ?
Elle hausse les épaules et jette un œil circonspect à travers l'encadrement de la lourde porte ancienne que Jérôme vient d'ouvrir.
Avisant une sorte de couloir plongé dans la pénombre, elle sait que sans la confiance absolue qu'elle voue instinctivement au jeune homme, elle aurait paniqué.
— On va ressortir à la lumière dans une trentaine de mètres, la rassure-t-il.
Ils s'engagent ensemble dans la galerie et la porte se referme derrière eux. Elle voit ses yeux pétiller dans l'ombre.
— J'ai toujours l'impression de voyager dans une autre époque quand je traboule, confie-t-il.
— Ça t'inspire pour écrire ?
— C'est ce qui m'a donné le goût de la lecture quand j'étais enfant. J'aimais bien découvrir les traboules avec mon grand-père qui me racontait des histoires sur le Vieux

Lyon. Puis j'ai commencé à lire des romans historiques sur les canuts et c'est parti de là.

Quand ils déboulent dans une petite cour, il lui prend doucement l'avant-bras pour l'aider à descendre quelques marches.

— Et toi ?

La bouche sèche, elle met quelques secondes à répondre.

— Cendre me lisait ses livres pour enfants à haute voix en faisant des commentaires. Entre mes cours de langue et elle, j'ai appris le français très vite.

Ils se sourient avant de s'engager dans une autre galerie au plafond bas.

— J'ai eu de la chance d'avoir été encouragée par mon institutrice. D'ailleurs, elle participe au festival. Mme Michel. Tu la connais ?

— Laura ? sourit Jérôme. Oui, elle vient tous les ans. Elle est passionnée par la poésie.

— Et les traductions introuvables d'auteurs tchèques.

— C'est vrai. Tu lis ses articles ?

— Je ne savais pas qu'elle écrivait, avoue Sophie.

— Elle poste des chroniques de livres en ligne, un peu comme vous, et elle publie régulièrement dans deux revues littéraires.

— J'irai voir.

Ils évoluent en silence pendant quelques dizaines de secondes puis une autre cour à ciel ouvert leur offre un aperçu sur un minuscule carré de ciel bleu.

Enfin, ils parviennent devant un portail en fer forgé qui donne sur une ruelle montante.

Une fois que Jérôme l'a refermé derrière eux et a rangé la clé dans sa poche, il tend le bras vers un des immeubles du haut de la pente.

Éblouie par un rayon de soleil qui s'infiltre entre deux

bâtisses, Sophie cligne des yeux. Cette expérience inédite lui a provoqué une poussée d'adrénaline et l'intérieur de ses paupières est coloré de rouge. Elle a l'impression d'être à l'intérieur d'un cœur qui bat au rythme de ses sentiments grandissants.

***

La baie vitrée leur offre une vue dégagée sur les toits du Vieux Lyon, légèrement en contrebas.

— C'est joli, n'est-ce pas ?

Une main masculine lui tend une tasse de thé qu'elle accepte avec un sourire. Avec son jean bleu foncé élimé aux genoux et les tatouages qui encrent ses bras, Éric, l'ami photographe de Jérôme, a un look qu'elle trouve rassurant.

— En effet, dit-elle après avoir avalé une gorgée. Je n'ai pas l'habitude de voir la ville en contrebas par ma fenêtre. Granfleur est une petite ville relativement plate et j'habitais dans un quartier d'immeubles des années soixante, dans un vallon un peu à l'écart.

Elle se souvient de la vue mémorable sur Paris que lui avait offerte sa chambre d'hôtel pendant son escale de Noël et la bouffée d'inspiration que cela lui avait provoquée, comme si elle contrôlait la ville en étant témoin de toutes les allées et venues des minuscules piétons, de toutes les trajectoires des véhicules.

— Isabelle ne vient pas ? demande Éric qui va se positionner près de Jérôme sur le canapé.

— Non, elle est occupée, mais elle se libérera plus tard, quand on aura organisé nos idées.

— Tu veux que je la photographie aussi ?

Jérôme lève la tête et accroche le regard de Sophie.

— Peut-être comme personnage secondaire. Je voudrais

vraiment que Sophie soit au premier plan.

Celle-ci est partagée entre la sensation que c'est la chose la plus romantique qu'on lui ait jamais dite et l'envie de prendre ses jambes à son cou. Elle a beau avoir des sentiments, elle craint de faire évoluer leur relation.

— Soph', tu viens t'asseoir avec nous ?

Jérôme désigne un pouf de l'autre côté de la table basse recouverte de feuilles de papier tandis qu'Éric sort un carnet de notes.

— Si j'ai bien compris, commence-t-il en faisant jouer son stylo entre ses doigts, tu aimerais que j'illustre tes textes par des photographies qui raconteraient une histoire. Isabelle effectuerait une performance l'après-midi avant le gala, et toi... ?

— Je pensais réciter quelques textes le jour de la performance, le samedi. Pour le reste de la semaine, ils seraient affichés à côté des photos.

— C'est parfait.

Éric finit d'écrire, lève la tête et adresse un grand sourire sympathique à Sophie.

Jérôme prend une grande inspiration et se lance.

— Je pensais utiliser l'architecture du Vieux Lyon pour raconter la vie d'un personnage féminin, son développement personnel, ses émotions, selon des principes alchimiques.

— Plus précisément ? demande le photographe qui recommence à prendre des notes.

— J'aimerais intégrer les étapes, les couleurs et les symboles du Grand Œuvre alchimique dans tes clichés.

— Tu veux sublimer la matière ?

Alors que Jérôme acquiesce, Sophie se sent légèrement perdue. Elle se remémore ses cours de littérature de terminale, mais a du mal à se représenter le processus.

— Qu'est-ce que tu envisages, exactement ? demande-t-elle.

Jérôme s'empare d'un feuillet qu'il tourne vers elle pour lui faire lire ses notes.

— Comme je le disais, l'alchimie, c'est sublimer la matière pour laisser s'exprimer le feu qu'elle contient.

Sous son regard insistant, Sophie sent ses joues devenir brûlantes.

Elle parvient à dissimuler son trouble en toussotant.

— En pratique, tu imagines ça comment ? poursuit Éric qui garde les yeux braqués sur les textes.

— Je pensais raconter l'histoire d'une jeune femme qui évolue à travers plusieurs étapes de sa vie. Des clichés en noir et blanc sur lesquels tu pourrais faire ressortir un unique objet en couleur.

Le photographe se gratte le menton.

— Je vois ce que tu veux dire. Tu ne préférerais pas plutôt des teintes de sépia ?

— C'est à toi de voir. C'est toi le professionnel.

— Qu'est-ce que tu en penses, Sophie ?

Ne s'étant jamais vu demander son opinion par un photographe, elle est prise de cours.

— Je suis partante. Je ne saurais pas juger, de toute façon ; j'ai seulement l'habitude de poser pour des clichés. Je n'ai jamais participé à des projets multimédias et j'ai toujours été l'objet, pas la créatrice.

— Je ne sais pas comment tu fais, confie Jérôme. Je suis toujours hyperconscient de moi quand on me filme ou qu'on me prend en photo. J'ai envie de me retourner comme une chaussette et de disparaître à l'intérieur de moi.

Un peu perturbée par l'image, Sophie cligne des paupières alors qu'Éric lui adresse un sourire complice.

— C'est vrai. Impossible de le prendre en photo !

— Pourtant, je t'ai vu en vidéo. Tu animais un atelier et tu n'avais pas l'air affecté.

La jeune femme se retient de se mordre la lèvre quand elle se rend compte qu'elle vient de se trahir et d'admettre qu'elle l'a cherché sur Internet. Elle essaye de conserver une voix ferme quand il lui adresse un regard interrogateur.

— J'admire les gens qui sont capables de s'exprimer de manière aussi fluide que toi.

— Tu as du mal ? demande-t-il.

— Un peu.

Elle n'a pas envie de lui parler des mois qu'elle a passés sans pouvoir communiquer après son arrivée en France.

— Tu as remis ton masque.

— Pardon ?

Elle ne l'écoutait que d'une oreille.

— Je disais que tu avais l'air de penser à quelque chose et que ton visage est redevenu fermé.

— Ah oui ?

— Ce n'est peut-être pas le moment de creuser.

— Je ne pense pas que ça soit nécessaire, en effet.

Éric, qui les observait d'un air vaguement amusé, se redresse pour aller ouvrir un placard.

— J'avais déjà pris des clichés similaires il y a deux ans. Je vais vous les montrer pour confirmer qu'on est sur la même longueur d'onde.

Toujours protégée par son masque d'impassibilité, Sophie hoche la tête sans quitter des yeux le visage de Jérôme.

Chapitre 14

Mercredi 3 avril, bureaux de Télé Lyon

Kwasi : Tu vas tout déchirer.
Cendre : Je me connecte discrètement. Tant que Pauline ne vient pas regarder par-dessus mon épaule, c'est bon. Jérémy te fait coucou aussi.
Liam : *It's going to be okay.*

Heureusement que Sophie a placé son portable sur silencieux à son entrée dans les bâtiments. Elle n'a pas arrêté de recevoir des messages d'encouragement pendant toute la matinée et a l'impression de surfer sur une vague d'amitié.
— Mademoiselle Owusu ?
Elle reprend ses marques quand la maquilleuse pénètre dans la petite pièce et allume une lampe halogène.
— Bonjour, je m'appelle Géraldine. Je vais m'occuper de vous.
Sophie hoche machinalement la tête, mais un souvenir vague la tiraille dans un recoin de son cerveau.
— On peut se dire *tu*. On se connaît, non ?
L'ayant également observée avec attention, Géraldine hoche la tête avec une lueur de reconnaissance dans le regard.
— Je crois que oui. Ton nom m'était familier, alors j'ai visité ton Insta et je pense qu'on a bossé ensemble sur un projet photo il y a deux ans.
— Le shooting avec la confiture ?
— Moins on en parle, mieux c'est.
— On est d'accord. C'était bizarre.
Les deux femmes échangent un sourire alors que

Géraldine sort rapidement son matériel et observe le visage de Sophie à la lumière.

— Ça ne va pas être super glamour, déclare-t-elle. Juste un peu de poudre pour ne pas trop briller. Tu es plutôt du genre gothique dans la vraie vie ?

— Oui. Je pourrais monter un laboratoire avec tous les produits que je me colle sur le visage.

Géraldine travaille en silence pendant quelques dizaines de secondes.

— Ton visage est un peu crispé. Tu es nerveuse ?

— Avant de me faire interviewer en live ? Pas du tout, ironise Sophie.

— Tu n'avais pas déjà fait ça pendant un salon du livre ? J'ai vu un extrait de reel sur Insta.

— Si, mais c'était un peu différent. C'était comme discuter avec une copine et puis on avait répété à l'avance. En plus, je crois qu'il n'y a eu que quelques dizaines de personnes connectées en direct.

Elle s'interrompt quand le pinceau de Géraldine danse sur son front, l'obligeant à fermer les paupières.

En les rouvrant, elle voit que le portable qu'elle a laissé sur la table s'est allumé.

Trois nouveaux textos.

Shin lui dit que le site Internet du festival a enregistré un trafic record.

Morrigan est en pleine session d'enregistrement, mais elle se connectera au site de la chaîne plus tard.

Mme Gisèle est chez elles, devant son poste de télévision.

Sophie soupire et bannit très loin tous ses soucis concernant la mise en vente de sa maisonnette. Après l'histoire des photos et la visite de Bright, elle n'a pas très envie de se poser sur Skype avec ses parents pour discuter de son avenir.

— Tu fais quoi en ce moment ? lui demande Géraldine qui la tire de sa rêverie.

— Je suis en dernière année de licence Métiers du livre. J'ai envoyé quelques CV à des maisons d'édition, mais je t'avoue que je patauge un peu.

— Tu veux rester à Lyon ?

— Je ne sais pas.

Elle fait de son mieux pour ne pas songer aux rues familières et au visage de Jérôme, mais c'est peine perdue.

— Je préférerais, mais si je ne trouve pas de boulot dans le domaine de l'édition, j'aurai l'impression d'avoir gâché trois ans de ma vie.

Cette phrase tombe comme un couperet et elle trouve étrange de s'être confiée ainsi à une quasi-inconnue. Elle voit pourtant dans le miroir que Géraldine affiche un visage compréhensif.

— Moi aussi, j'ai eu du mal à me positionner au début. Je ne savais pas si je voulais être indépendante et courir de contrat en contrat ou bien économiser pendant quelques années pour ouvrir mon propre salon. Tu es toujours mannequin ?

— Oui. Et ça marche bien.

— Alors tu devrais continuer tant que tu en as l'occasion. C'est le genre de métier où tu es forcée de prendre ta retraite très vite.

— J'y songe de plus en plus.

— On pourra échanger nos coordonnées plus tard, si tu veux. Je travaille souvent avec une agence qui recherche de nouveaux mannequins en ce moment.

Sophie la remercie sincèrement. Elle n'a pas envie de faire des infidélités à Slávka, mais vu ses circonstances changeantes, particulièrement côté logement, toutes les opportunités sont les bienvenues, même celles qui l'éloignent de son objectif premier.

Elle étouffe un bâillement alors que Géraldine met la touche finale à son travail.

— Mademoiselle Owusu, tout se passe bien ?

Une assistante se dessine dans l'encadrement de la porte. L'air débordée, elle a la main collée à son oreillette et ne la regarde même pas.

— Oui, merci. On commence bientôt ?

— Dans quelques minutes. Vous êtes prête ?

Sophie échange un regard complice avec Géraldine et se redresse.

Quand elle sort de la petite pièce, elle ne voit pas qu'un ultime texto fait s'allumer l'écran de son téléphone.

***

— C'était en terminale. On avait créé une page sur Facebook puis on a décidé de basculer sur Instagram qui venait de lancer le format vidéo.

— Et le nom Nozinabook ?

— On a passé en revue plusieurs idées et jeux de mots, puis on s'est décidées pour un anglicisme.

— Vous comptez vous exporter ?

— Pourquoi pas ? Mais sur le moment, ce n'était sincèrement pas notre objectif. Tout ce qui est arrivé ces trois dernières années a été incroyable.

Sophie reste concentrée sur le visage ouvert du présentateur afin d'oublier le vrombissement des caméras et les spots éblouissants au-dessus de sa tête.

Projeter son image en vidéo est autrement plus stressant que de se figer devant un appareil photo. Prêter son image à un objectif ne requiert pas l'effort conscient qu'elle est en train de fournir pour rester abordable et ne pas se replier sur elle-même.

— Pourriez-vous nous rappeler les dates du Festival des arts vivants ?

— Bien entendu. Le festival se tiendra du lundi 20 au samedi 25 mai, avec une soirée de gala le dernier jour au palais des expositions. Vous pouvez retrouver toutes les informations et vous procurer des billets sur notre site Internet. Cela dit, la plupart des événements sont gratuits.

— Sophie Owusu, je vous remercie d'être passée.

— Merci de m'avoir invitée pour promouvoir le festival.

— C'était le journal télévisé de la mi-journée avec Jean-Marc Boulier. Nous nous retrouvons demain pour…

Alors que le présentateur entame son pitch de conclusion et que les lumières du plateau changent, Sophie se force à rester détendue.

Elle est surprise de l'enthousiasme avec lequel sa présentation a été reçue et se dit qu'elle devrait vraiment arrêter de se faire des idées toutes faites sur un éventuel snobisme envers leur blog.

— Tu as été très bien, lui dit Géraldine qui vient la rejoindre alors que l'assistante lui retire son pack son.

— Merci. Je suis contente que ce soit derrière moi.

— Ça va te faire une super pub personnelle.

— Je suis avant tout venue parler au nom du festival.

— Oui, mais quand même. Tu n'oublieras pas ton portable sur ma table ? Je t'ai laissé ma carte à côté.

Sophie la remercie et retourne hâtivement dans la salle de maquillage pour récupérer ses affaires.

Maintenant que l'interview est finie, elle se sent la tête légère et a hâte de sortir dans la rue afin d'emplir ses poumons d'air frais.

Jean-Marc Boulier vient la rejoindre alors qu'elle enfile son manteau et adresse un dernier au revoir à Géraldine.

— Je vous souhaite vraiment de réussir. C'est génial ce que vous faites à votre âge.

Elle aurait dû trouver sa remarque paternaliste, mais il a l'air si enthousiaste qu'elle lui adresse un sourire rayonnant.

— Merci.

— En plus, ma femme adore *Innlander*.

— Ah…

Elle sent venir la référence.

— Elle m'a montré la vidéo de vos amis, avec le coup du *sporran* poilu, puis elle a fait des recherches sur Wikipédia. C'est surprenant, comme accessoire. Je ne sais pas si j'oserais.

— Eh bien, dit-elle en se retenant de s'esclaffer, je suis contente d'avoir fait la promotion de la culture écossaise.

Ils se serrent la main une dernière fois et elle sort sur le palier en se projetant en HD dans son esprit le visage embarrassé de Liam chaque fois qu'on lui parle de ce reel.

Une fois parvenue au rez-de-chaussée, elle tire machinalement son portable de sa poche et voit qu'elle a raté un texto.

Jérôme : Impressionne-les, Sophie. Tu es une étoile dans le ciel.

Quand elle sent son cœur s'enflammer dans sa poitrine comme un soleil, elle se dit que si c'est le cas, il en est le seul responsable.

Chapitre 15

Mardi 9 avril, chambre de Sophie

Sophie fait danser ses orteils à l'intérieur des épaisses chaussettes en laine qui lui tiennent lieu de pantoufles. Étendue sur son lit avec le téléphone collé à l'oreille, elle a du mal à enregistrer ce que Cendre vient de lui confier.

— Je ne voulais pas t'en parler tant que je n'étais sûre de rien. Rien que d'y penser, ça réveille mon frisson littéraire et je perds tous mes moyens.

Sophie connaît intimement le « frisson littéraire » de son amie. C'est à se demander comment elle réussit à invoquer la moindre seconde de productivité quand Liam est dans les parages.

— Je ne suis pas vexée que tu aies préféré garder le secret, la rassure-t-elle. C'est juste que c'est beaucoup pour une première fois. La plupart des gens partent d'abord en vacances ou en stage. Toi qui me disais que m'installer à Lyon pour mes études, ça faisait loin !

Se remémorant certainement leur dernier été ensemble après le bac, Cendre soupire, mais ne répond pas.

— Je trouvais déjà courageux que tu veuilles partir en vacances chez Liam, mais un emploi ! Un déménagement !

Pas de réponse. À l'autre bout du fil, Cendre doit être partie dans un monde meilleur où Carlo affiche ses abdos musclés sur la couverture d'une romance Fantasifemme.

— *Ash* ! Tu m'entends ? Sache simplement que quoi que tu fasses, je suis avec toi.

Le silence est enfin rompu par un minuscule filet de voix.

— Cette mutation à l'antenne d'Édimbourg serait ma première grosse avancée professionnelle depuis ma formation de décembre.

— Ah, la fameuse formation ! L'élément déclencheur.

— Je ne remercierai jamais assez le ciel de l'avoir mise en travers de ma route. Il y a eu beaucoup de changements depuis.

— Je ne te le fais pas dire, répond Sophie qui songe à son changement d'attitude lors de leurs dernières retrouvailles. Tu déchires tout depuis que tu es avec lui.

— Oh !

— Je ne plaisante pas. Tu cartonnes au boulot, tu cartonnes en amour, Nozinabook ne s'est jamais mieux porté. Et je dois dire que tu rêvasses moins.

— C'est en partie parce que Liam ne m'interrompt pas quand j'ai besoin de m'isoler. Il ne passe pas son temps à m'asticoter pour que je redescende sur terre. Du coup, je suis moins stressée et mes absences sont à la fois moins fréquentes et plus courtes.

— Je suis contente pour toi. Ça fait longtemps que tu l'attendais, ton Écossais. Même s'il ne joue pas de la hache et de la claymore.

— Et qu'il n'assume pas le port du *sporran*.

Elles échangent quelques rires puis Cendre reprend rapidement la parole.

— J'aurai une réponse dans moins d'un mois et si c'est positif, il faudra que je m'organise rapidement.

— Tu irais habiter chez lui ?

— Oui. Il a un appart en centre-ville d'où je pourrai me rendre au travail en bus et ses parents possèdent une grande résidence aux abords de la ville où ils pourront nous recevoir le week-end.

— C'est bien. Je suis contente pour toi, mais aussi un peu triste pour Erwan. Il n'aura plus sa tata pour le garder.

— C'est vrai. Mathilde va devoir trouver une autre babysitter.

— J'aimerais être une mouche sur le mur pour voir la tête que ta sœur va tirer quand tu vas lui annoncer que tu es mutée à l'international.

— Oh, je songe à la prendre en photo. Je te l'enverrai.

Un bref silence s'instaure.

— Cela dit, c'est un peu grâce à elle que j'en suis arrivée là, reprend la jeune femme rousse. Si elle ne m'avait pas autant énervée avec ses critiques permanentes, je n'aurais jamais eu le sursaut de fierté qui m'a poussée à m'inscrire à la formation.

Sophie sourit en se disant que Mathilde ne l'avait certainement pas vu venir.

— *Ash*, désolée, mais il faut vraiment que j'y aille. J'avais prévu de bosser sur nos réseaux sociaux. Je pensais créer plusieurs publications et étudier les statistiques de nos deux blogs pour voir si mon passage à la télévision a fait bouger les choses.

— N'hésite pas non plus à poster des liens depuis les réseaux de Nozinabook, renchérit Cendre. Nous ne sommes pas partenaires officielles du festival, mais ce sera déjà ça de pris pour vous.

Après un dernier au revoir, Sophie se laisse retomber sur son lit et s'étire.

Dans la quiétude de son premier après-midi de libre depuis un bon moment, elle aurait envie de paresser avec une romance gothique, libérée des obligations d'adultes qui ne cessent de l'assaillir depuis plusieurs semaines.

Puis elle se secoue et ouvre son ordinateur portable pour se connecter à l'Insta de Vampirisme Romantisme.

Nozinabook qui ne cesse de croître lui fait aussi accumuler des abonnés au quotidien.

Elle passe en revue le contenu de sa boîte mail.

Quelques réactions à ses stories.

Des discussions en cours avec d'autres bookstagrammeuses.

Des messages d'encouragement de ses connaissances.

Soucieuse de préserver sa santé mentale, elle se garde bien d'aller faire un tour dans son dossier de spam qu'elle a surnommé « la foire aux aubergines », vu la teneur des clichés et des liens qu'elle reçoit.

Plusieurs années passées à purger la négativité de leur contenu l'ont immunisée contre les bots, les trolls et les gens qui rouspètent pour un rien. Cerise sur le gâteau, leur communauté n'a pas besoin de subir la méchanceté en roue libre de certains et elle efface les messages indésirables sans la moindre hésitation.

Cela dit, un commentaire sous une publication récente retient son attention.

Sale voleuse. Retourne chez toi, espèce de...

Le dernier mot la fait s'étrangler sur sa salive.

Faisant défiler la page, elle remarque d'autres commentaires tout aussi agressifs.

Ce sont les mêmes accusations : vol, harcèlement, jalousie... tout ceci pimenté d'une certaine dose d'injonctions à retourner chez elle et de commentaires sur le lien entre sa couleur de peau et sa soi-disant prédisposition à la violence.

Sans compter certains propos tendancieux de Mina, elle a déjà subi des remarques racistes lancées en passant, à la sauvette, mais jamais un tel déferlement de haine sur ses propres réseaux.

Même s'ils n'ont pas l'air de provenir de bots, les commentaires égrènent la même rengaine.

Parmi eux, elle repère un message provenant d'un compte ami.

@vampirisme.romantisme et @nozinabook, connectez-vous au YouTube de Mina. Elle vous clashe en vidéo #soutien #HalteAuRacisme

Sophie cligne des paupières.
Quand elle enregistre enfin ce qu'elle vient de lire, elle a envie de tout envoyer bouler pour se réfugier sous sa couette.
Mina ! Cette fille est l'incarnation même des dix plaies d'Égypte.
Avant d'aller voir sur YouTube, elle parcourt rapidement des yeux d'autres messages en espérant que tout ceci ne soit qu'un vaste malentendu.

Tu peux encore te regarder en face, après avoir fait une chose pareille à Mina ? #unfollow

C'est toujours pareil. Il faut toujours que les gros comptes tapent sur les petits #TeamMina

Comment le @salon_du_livre_de_bourges a pu inviter des filles comme vous ? #honte

Vous vous la jouez sympa, mais avec le genre de menaces que vous avez envoyées à @dédale.des.livres, vous devriez vous retrouver en taule

Mina, Mina, toujours Mina !
Et maintenant, le salon du livre est impliqué dans la dernière combine qu'elle a l'air d'avoir trouvée. Sophie se

serait bien passée de cette hydre qui a décidé de doubler le nombre de ses têtes à quelques mois de leur entrée dans la vie active.

Vu la teneur des messages, il faut qu'elle voie l'objet du délit de ses propres yeux. Elle se connecte à YouTube et cherche le compte de sa rivale.

Une photo lui saute aux yeux.

— J'y crois pas ! s'exclame-t-elle.

Sur la miniature de la dernière vidéo postée, Mina affiche un visage larmoyant. Sophie lui reconnaît d'ailleurs un remarquable talent d'actrice. Ses yeux rougis sont braqués vers le ciel dans une expression de Madone éplorée et elle pince les lèvres comme si elle retenait un sanglot. Sa fausse victimisation est totale.

Le titre et le résumé sont raccord.

« Elle me fait vivre un véritable enfer !
Une bookblogueuse me fait vivre l'enfer depuis que j'ai lancé mon compte livresque. C'est invivable ! Je te raconte tout. »

Consciente qu'elle s'apprête à vivre un des quarts d'heure les plus pénibles de sa vie, Sophie s'empare de son casque et clique sur *Lire*.

D'une voix faussement éplorée, Mina se lance dans le récit de victimisation le plus hypocrite qu'elle ait jamais entendu.

« Elle n'arrête pas de me copier en créant des publications qui ressemblent aux miennes. Elle lance les mêmes campagnes que moi juste pour profiter de ma popularité. »

Son ton faussement éploré est si exagéré qu'on a peine à y croire.

« … malgré toutes mes tentatives pour être amie avec elle, elle a monté nos camarades de promo contre moi. Ça crée des préjugés qui risquent de compromettre ma future carrière dans le secteur de l'édition. Et puis elle a piraté mes comptes à plusieurs reprises. Elle a même acheté des bots pour créer de l'engagement négatif sur mes publications ou signaler mes vidéos qui se sont retrouvées bloquées. »

Mina prend un mouchoir pour s'essuyer le nez alors que Sophie dodeline de la tête sans y croire.

« Le pire… c'est que pendant le Salon du livre de Bourges, elle m'a dérobé plusieurs cartons de marchandises. Quand elle a été prise la main dans le sac, elle s'est réfugiée derrière la notoriété de Nozinabook pour me faire menacer par le petit ami de Cendre Hubert, un véritable gorille effrayant. »

Sophie se plaque une main sur la bouche, choquée d'entendre que les accusations pèsent à présent sur le jeune couple.

« Heureusement, j'ai rassemblé des preuves photographiques », poursuit Mina d'une voix fielleuse.

Sophie se reconnaît alors sur un cliché pris à distance lors du salon, quand ils étaient allés protester concernant leurs cartons disparus. L'air revêche, elle brandit un index menaçant. La lumière crue des spots a durci les traits de Liam. Quant à Cendre, elle a les mains sur les hanches pour se donner une contenance.

Force est de constater que cette maudite photographie reflète l'inverse de ce qui s'est réellement produit.

Avec une bouffée de colère, elle comprend enfin la raison de l'air faussement contrit de Mina qui l'avait tant irritée ce matin-là. Non contente d'avoir saboté leur stand, cette sale menteuse avait également prévu de monter une mise en scène pour les faire accuser de son propre crime, « preuves » à l'appui.

Une fois la vidéo terminée, Sophie reste immobile pendant de longs instants, complètement perdue.

Elle songe rapidement à tous leurs abonnés qui vont lire ces accusations non fondées et se faire une mauvaise image d'elles à cause des manigances d'une fille dont la fortune lui aurait déjà ouvert suffisamment de portes sans qu'elle ait besoin de les claquer au visage des autres.

Le missile à tête chercheuse que Mina vient d'envoyer dans sa direction va faire mouche. Sorti de son contexte de deux années et demie de brimades unilatérales, on va croire que leur conflit est mutuel !

Sa vision s'obscurcit quand elle se rend compte que vu la taille de leurs réseaux respectifs, si Mina parvient à flinguer sa réputation, ça réduira à néant ses chances de trouver un travail après juin.

Encore une fois, elle se voit forcée de lutter pour survivre.

Elle compose un SMS à l'attention de Cendre, consciente de la panique qu'elle va infliger à son amie qui était si ravie tout à l'heure.

En attendant sa réponse, elle a besoin de se raccrocher à quelqu'un. Elle songe à Mme Michel, puis à Jérôme.

Non, elle ne veut pas ternir leur relation naissante.

Elle fait défiler sa liste de contacts et clique sur un autre prénom.

À l'autre bout du fil, une voix radieuse lui répond.

— Morrigan ? Tu ne devineras jamais la mouise dans laquelle je me retrouve…

Chapitre 16

Mercredi 10 avril, campus des Lettres

La bruine s'abat par averses régulières sur les toits de Lyon.

Sophie a l'impression qu'elle rend encore plus poisseuses ses émotions déjà tourmentées.

En arrivant sur le parvis de l'établissement en début d'après-midi, elle avait aussitôt deviné que la vidéo de Mina avait circulé. Elle avait laissé les regards tant hostiles que curieux ricocher sur elle, mais suivre un TD dans la même pièce que sa rivale avait été une géhenne.

Pour ne rien arranger, son masque de fierté imperturbable était entré en contraste total avec les yeux faussement rougis de Mina. Au fond d'elle, elle lui jalouse sa capacité à s'afficher en position de faiblesse, aussi artificielle soit-elle.

Cerise sur le gâteau, elle avait reçu un message de Shin qui lui demandait si elle avait le temps de passer la voir après son cours pour discuter.

Parvenue devant son bureau, elle toque à la porte.

— Entrez, s'exclame Shin. Ah, Sophie, viens t'asseoir. Je vais te préparer un thé de printemps. Ça nous réchauffera.

Alors que la trentenaire s'affaire, Sophie regarde autour d'elle.

La pièce est accueillante.

Deux écrans, un clavier, une souris, des fournitures de bureau et un petit jardin zen sont disposés sur le bureau encombré d'un plateau à thé.

— Ça fait du bien de pouvoir se détendre un peu, dit Shin en lui tendant une tasse.

La chaleur du breuvage est aussi rassurante que la

tranquillité de l'atmosphère. Sophie n'a pas l'impression d'être venue se faire remonter les bretelles, mais elle se trompe peut-être et refuse de baisser la garde.

Shin la regarde dans les yeux.

— D'abord, j'aimerais te féliciter pour ton entretien au journal télévisé de la semaine dernière. Tu as l'air de bien gérer le stress.

— Hum. J'ai beau avoir l'habitude des caméras, j'étais nerveuse avant le direct.

— Ça ne s'est pas vu. Au contraire. Et avec la visibilité supplémentaire que tu nous as apportée, on a déjà quasiment vendu tous les billets pour la soirée de gala. Cela dit…

Se retenant de poser sa tasse, Sophie déglutit bruyamment et la devance.

— Si ça concerne une certaine vidéo YouTube, j'ai été tout aussi surprise que vous.

Étonnamment, Shin lui adresse un sourire complice.

— Je préfère être franche : plusieurs participants m'ont fait parvenir le lien vers la vidéo de Mina. Je les ai remerciés de m'en avoir informée sans émettre le moindre jugement sur les accusations proférées à ton encontre. Cela dit, le festival est très important pour plusieurs départements de l'université. J'en suis responsable et je ne voudrais pas qu'un conflit entache le labeur de dizaines de personnes. D'autant que vous possédez déjà vos propres plateformes médiatiques largement plus vastes que la nôtre. Ça risque de faire boule de neige.

Ce compliment détourné fait sourire Sophie, mais elle a envie de se défendre.

— Mina ne mentionne pas le festival dans sa vidéo.

— Certes, mais ton passage à Télé Lyon a fait de toi notre figure de proue. Je veux entendre ta version avant de juger, même si je t'avoue que je trouve le timing louche. Si

Mina avait déjà eu maille à partir avec toi, elle aurait pu m'en faire part avant.

Sophie sent son ventre se contracter, mais Shin ne dégage pas la moindre animosité. Ses nerfs aguerris au clash auraient préféré à cette bienveillance tranquille une critique directe. Puis elle se dit que si les derniers mois lui ont appris quelque chose, c'est qu'elle ne gagnera rien à demeurer au centre de ses fortifications en faisant comme si tout allait bien.

— C'est difficile pour toi ?
— De quoi ?
— De communiquer ce que tu ressens ? Je vois que tu temporises.

Le sourire compréhensif de Shin la désarme entièrement.

— Nozinabook et mon propre blog ont littéralement des centaines de milliers d'abonnés et de visiteurs. Gérer la com' représente un immense travail au quotidien et j'ai conscience qu'il faut s'attendre à des rivalités.

Sophie sent des picotements dans ses membres quand elle baisse enfin la garde et se confie.

— Vu l'animosité que m'a toujours témoignée Mina, je m'attendais à ce qu'elle s'en prenne à Nozinabook, puisque nous sommes les plus visibles dans notre branche. D'autres créatrices de contenu ont eu des problèmes.

— Donc, il y a eu des conflits avant le salon du livre ?
— Oui. D'autres petits comptes se retrouvent signalés ou victimes d'attaques par des bots… Vous savez ce que c'est ?
— C'est une façon de harceler les réseaux d'un usager, n'est-ce pas ?
— Oui. La personne se retrouve submergée.
— Et tu penses que Mina est derrière tout ça ?

Sophie relate rapidement l'épisode des cartons volés.

Shin hoche la tête.

— C'est une technique de propagande connue : discréditer nos ennemis en les accusant de ce dont nous sommes personnellement coupables.

Le regard de l'Asiatique se perd sur son jardin zen pendant quelques secondes. Puis une rafale de vent fait s'abattre de grosses gouttes de pluie sur la vitre et elle sort de sa contemplation.

— Je crois que tu vois parfaitement que je ne suis pas d'origine européenne, sourit-elle comme si elle s'amusait de cette évidence. Sans détailler notre parcours de vie commun, ressens-tu le moindre racisme dans cette attaque ?

Sophie se fige.

C'est la question qui revient constamment depuis son arrivée en France.

Celle qu'on n'ose parfois pas lui poser directement.

Celle dont l'importance est censée colorer l'intégralité de ses interactions avec les autres êtres humains qui l'entourent.

Elle est tiraillée.

Elle ne veut pas s'enferrer dans le ressentiment envers les circonstances qui ont fait de la famille Owusu des réfugiés politiques ou dans la jalousie qu'elle se reproche de ressentir face à ses camarades à l'existence plus aisée.

Toutefois, elle a véritablement subi des attaques verbales dans l'espace public ou des soupirs exaspérés et des regards lourds de sens dans les salles d'attente des administrations. Sans parler des mains baladeuses qui s'égarent vers ses cheveux dans le tram et dans la rue. Au moins, sa tenue gothique lui évite de se faire prendre pour la femme de ménage, mais elle a souvent entendu ses sœurs se plaindre des tutoiements quasi automatiques sur leurs lieux de stage ou de travail.

Cela dit, la tension avec Mina vibre à un tout autre

niveau et elle ne voudrait pas aggraver son cas par des paroles que celle-ci pourrait lui renvoyer en plein visage.

— Je ne pense pas, pas au sens où je l'entends. Certaines personnes ont juste un esprit de compétition naturel.

— L'esprit de compétition n'implique pas de dérober des équipements, ni de harceler ou de dévaluer son adversaire publiquement en la calomniant sur les réseaux sociaux.

C'est dit.

Jusqu'ici, la fierté de Sophie l'encourageait à se mentir, mais à présent, c'est comme si les paroles de Shin étaient affichées en lettres capitales sur tous les panneaux de la ville.

Elle va devoir ouvrir les yeux sur la violence de la situation.

— Je crois qu'elle m'a jugée et qu'elle a décidé que je ne ferais pas partie de son cercle intime. Elle me voit comme une ennemie à abattre, forcément moins méritante qu'elle.

— Tu as travaillé dur pour ce que tu as.

— Certes, mais si je la comprends bien, elle considère le monde de la culture comme étant réservé à une certaine élite. Il faut connaître tel type de personnes, lire tel genre de livres, s'habiller d'une certaine façon et fréquenter les bons établissements.

— En bref, la vision élitiste et franco-française de la culture.

Sophie avise les cheveux noirs brillants de la trentenaire et ses yeux bridés derrière ses fines montures en écaille. Elle a l'air désabusée.

— Vous parlez d'expérience ?

— Comment dire ? Le couple qui m'a adoptée quand j'étais bébé a décidé de conserver mon nom coréen. Ma seule langue maternelle est le français et je ne connais pas d'autre culture. Je n'ai visité la Corée qu'une seule fois parce qu'ils ont insisté pour me faire découvrir mes origines, sourit-elle en mimant des guillemets avec les doigts. Personnellement, outre un beau voyage pour les vacances, je n'ai pas vraiment vu l'intérêt. Je suis ici chez moi, je n'ai pas l'impression de faire partie du monde coréen et je préfère écrire ma propre vie à Lyon.

— Mais ça ne vous contrarie pas qu'on se fasse des idées sur votre identité ?

— Si, bien entendu.

Malgré elle, Sophie se sent frustrée.

Alors qu'à force d'acharnement et de travail, elle s'apprête à toucher du doigt un emploi dans l'édition, on lui relance constamment en pleine figure qu'elle est faite pour être une éternelle nomade. Qu'elle devrait être fière d'être bilingue pour mieux s'exporter. Que déborder du cadre attendu est une richesse qui exige son déracinement constant. Qu'on est ravis de l'accueillir, mais qu'elle serait toujours mieux ailleurs.

Parfois, durant un shooting, sous les stroboscopes d'une soirée gothique ou face à sa caméra pour parler de ses lectures, elle entre en état de flux. Tout coule de source et elle ne se sent plus isolée.

Puis un mauvais regard, un geste ou une micro-agression la projettent en arrière vers la perte du soleil de sa petite enfance et les six mois passés sous la pluie normande, sans pouvoir se faire comprendre.

Ce déferlement d'émotions négatives la submerge et son visage se ferme.

— J'ai conscience de ne pas être la seule affectée par cette histoire. Je ne souhaite pas faire de la mauvaise publicité au festival. Ce n'était pas mon intention.

— Tu n'as pas à te justifier de quoi que ce soit. Moi

aussi, je suis victime de stéréotypes, confie Shin. Je ne t'apprends rien sur l'image de la femme asiatique.

Prise au dépourvu, Sophie reconsidère la scène d'un œil nouveau.

La demi-queue-de-cheval nouée par un ruban en cuir.

Le plateau à thé.

Le cache-cœur au motif floral évoquant un yukata...

— Comme tu le vois, je préfère en jouer. J'ai prévu d'acheter deux petites figurines pour décorer mon bureau. Que penserais-tu d'un tigre et d'une geisha ?

Les deux femmes communient en silence et Sophie cède à un sourire irrépressible.

L'air un peu triste, Shin reprend rapidement son sérieux.

— Je parlerai aussi à Mina, mais vous devrez régler cette affaire entre vous, sans quoi, je serai obligée de me séparer de vous deux. Je ne veux pas que le Festival des arts vivants subisse les retombées d'un conflit de bookstagrammeuses. Je dis cela sans le moindre mépris pour ton activité.

— Ne vous inquiétez pas. Je vais régler le problème.

Rapidement, elle finit son thé, renfile sa longue veste à capuche et reprend sa besace.

— Merci de m'avoir reçue.

Même debout, Shin doit lever la tête au maximum pour la regarder dans les yeux en lui serrant la main.

— Je t'en prie. On reste en contact par mail pour la suite des événements.

Libérée d'un poids, Sophie regagne la solitude de la cage d'escalier.

Elle n'est pas prête à lâcher le festival.

Alors que le visage de Jérôme s'impose à son esprit, elle refuse de laisser les actions d'une petite pimbêche compromettre tout ce qu'elle est en train de construire.

Forme tes bataillons, Sophie.

Chapitre 17

Jeudi 11 avril, resto U

La pluie n'aura duré qu'une journée et demie. Ce matin-là, pendant le cours de marketing, les nuages s'étaient dissipés pour laisser filtrer un rayon de soleil. Les étudiants avaient poussé des *aaah* et la prof avait souri.

La table de Sophie devant la baie vitrée du resto U est encombrée d'un latte à moitié bu et d'une assiette couverte des miettes d'une pâtisserie aux fruits.

Il lui reste encore trois quarts d'heure avant de se rendre dans le 8e pour un shooting photo. Donc, largement le temps de se connecter à sa boîte mail et à ses réseaux. Quarante-huit heures se sont écoulées depuis la diffusion des griefs de Mina et hier soir, Cendre et elle ont posté pour dire qu'elles prendraient encore quelques jours avant de répondre.

Cendre a encore du mal à s'affirmer, mais Sophie sait que son propre franc-parler risquerait de leur porter préjudice, alors mieux valait attendre que les tensions retombent pour formuler un communiqué.

Tandis qu'elle porte la tasse de latte à ses lèvres, son téléphone vibre.

Numéro inconnu.

Machinalement, elle lève la main pour enrouler une mèche de cheveux autour d'un doigt.

Des trolls ont-ils obtenu ses coordonnées ?

Va-t-elle se faire insulter en décrochant ?

Elle songe à laisser l'appel basculer sur la boîte vocale, mais c'est peut-être quelqu'un du shooting. Alors, les membres lourds comme du plomb, elle appuie sur le bouton vert et porte le téléphone à son oreille.

En arrière-plan, on entend des voix étouffées et plusieurs téléphones qui sonnent.

— Sophie ?

Elle reconnaît la voix ferme à l'accent légèrement pointu de Mathilde Germon-Jéricho, la grande sœur de Cendre.

— Mathilde ?

Ne lui ayant pas parlé plus d'une dizaine de fois depuis l'adolescence, elle est surprise que celle-ci possède son numéro. Pendant une seconde, elle redoute un déferlement de reproches de la part de la *business woman* de la famille et se sent prise d'un vertige.

— Je ne vais pas y aller par quatre chemins. Cendre m'a contactée hier pour m'informer d'une attaque de cyberharcèlement envers toi, Nozinabook en général, mais aussi Liam.

Le jeu de mots anglais fait tache dans la bouche de Mathilde qui le prononce avec un accent français à couper au couteau.

— Elle m'a résumé la situation et m'a parlé du festival culturel lyonnais auquel tu participes. Liam m'a aussi expliqué l'incartade à Bourges. Ce matin, j'ai montré la vidéo YouTube à deux experts légaux de notre boîte pour demander leurs avis. Ils sont unanimes : c'est intolérable. Pierre-Yves et moi avons décidé de couvrir tes frais d'avocat afin de faire cesser ces diffamations.

Sophie cligne des paupières. Elle digère ce que vient de lui dire Mathilde avec un temps de retard et celle-ci s'impatiente.

— Tu peux me répondre ? Je suis pressée par le temps.

— Oui, bien sûr. Merci. Je suis simplement surprise. On ne se connaît pas vraiment.

Elle voudrait ravaler ces propos qui sont sortis tout seuls, mais Mathilde semble amusée.

— Allons, je respecte toute personne qui ne cafte pas ma grand-mère aux autorités pour son recel de mobilier urbain. Et maintenant que Cendre a décidé de prendre sa carrière en main, je refuse de laisser une petite peste arriviste gâcher ses efforts. En plus, elle ose s'en prendre à Liam, qui est adorable. Je vais la maraver… comme pour le sergent Pilon.

Sophie est estomaquée par l'adjectif que Mathilde vient d'employer. Ça fait des semaines qu'elle se dit que dans la tête de sa rivale, c'est *elle-même* qui est l'arriviste. Puis elle sourit en se remémorant les coups de pied bien placés que Mathilde avait décochés au sergent de la gendarmerie quand il avait tenté de les agresser sous couvert de l'obscurité. Mariée à un fils de notable, elle avait menacé le gendarme de le traîner en justice et il avait alors détalé sans demander son reste. Que le ciel vienne en aide à Mina si elle osait se dresser en travers de sa route !

Le nœud qui lui tordait le ventre disparaît grâce à ce soutien inattendu.

À l'autre bout du fil, elle entend quelqu'un entrer dans le bureau de Mathilde et échanger avec elle quelques paroles étouffées.

— Il faut que je file, dit-elle un instant plus tard. Peux-tu te libérer le plus tôt possible pour t'entretenir avec l'avocat sur Skype ou par téléphone ?

— J'ai quarante minutes avant de partir en shooting. Autrement, je serai libre ce soir.

— Je lui dis de te contacter par mail dans les plus brefs délais. Il s'appelle Nicolas Flamel.

— Euh, merci de…

L'appel s'interrompt et Sophie n'arrive toujours pas à croire que Mathilde brandisse le bras armé de la loi pour la défendre. Elle est ravie que – pour une fois dans sa vie – quelqu'un soit disposé à se battre pour elle.

Elle n'est plus seule à cogner contre des murs

insurmontables.

Ouvrant sa boîte mail, elle aperçoit déjà un message de l'avocat qui lui demande si elle est disponible pour un bref entretien sur Skype. Épatée par sa rapidité, elle lui confirme son adresse, branche ses écouteurs et se connecte à l'application.

Quelques secondes plus tard, le visage souriant d'un homme qui frise la trentaine s'affiche sur son écran. Les mains jointes devant lui, il porte une grosse bague en argent qui représente une croix stylisée.

Quand elle remarque qu'il a les lobes des oreilles percés, Sophie comprend que, comme elle, il porte un masque au quotidien.

— Bonjour, Sophie Owusu ? Je suis maître Nicolas Flamel, avocat spécialisé dans le cyberharcèlement.

— Ravie de vous rencontrer. Mathilde Hubert... euh, Germon-Jéricho m'a dit qu'elle vous a informé de notre problème.

— Oui. Je vais faire vite si vous devez filer au travail. Les accusations porteraient donc sur vous, Cendre Hubert et son compagnon, Liam McKellen ?

— Exactement.

— Ce genre de diffamation en ligne est passable d'une amende de plus de 10 000 euros.

— Pardon ?

Sophie reste estomaquée par la gravité de la situation.

— Honnêtement, je vous avoue que je n'avais pas songé à engager des poursuites. L'appel de Mathilde m'a prise par surprise. Cendre et moi avions juste l'intention d'attendre que les choses se tassent avant d'émettre une réponse officielle et de croiser les doigts pour que tout ce *drama* se dissipe rapidement.

— Je comprends, mais du point de vue juridique, ce n'est

pas la situation idéale pour Nozinabook, une association loi de 1901, mais également pour les entités qui se retrouvent impliquées, comme le Salon du livre de Bourges et Livrindigo.

— Livrindigo ?

— Mlle Mina Tisserand vous accuse de vol et de recel dans les locaux du salon, alors que le contraire s'est produit. Si je comprends bien, cela concernait notamment des livres mis à votre disposition par une antenne de la librairie. Il faudra ajouter au dossier le témoignage de Mme Tiphaine Mercier en sa qualité de gérante.

— C'est vrai. Je n'y avais pas pensé.

Sophie détourne les yeux de l'écran pour mieux digérer ces informations et le silence se prolonge.

— Je suis désolé. Ça fait beaucoup ? demande l'avocat.

— Oui. Je m'attendais à ce qu'une histoire comme celle-ci nous arrive un jour, mais pas au point d'avoir recours à des médiateurs juridiques.

Maître Flamel plisse les lèvres comme s'il cherchait les mots justes.

— Je crois que Mathilde s'est inquiétée pour vous.

Sophie ravale l'impulsion de le détromper et il continue sur sa lancée.

— Elle s'est extasiée sur tout ce que vous êtes parvenues à accomplir en trois ans seulement. Des centaines de milliers d'abonnés, un passage télé, des entretiens en live pendant un grand salon du livre… Elle m'a aussi parlé d'une vidéo avec une actrice de renommée internationale.

— Ah, le vlog de Cendre avec Gemini Aman ?

— Oui. Je crois qu'en tant que bête de travail, elle trouve intolérable de voir qu'à l'orée de votre entrée dans votre vie professionnelle, vous allez vous faire abattre à vue par une peste qui se croit tout permis sous prétexte que Papa possède une imprimerie.

Sophie en reste bouche bée.

— Je cite Mme Germon-Jéricho, achève Maître Flamel avec un sourire amusé.

Consciente qu'elle ne pourra jamais la lui exprimer, Sophie ressent soudain pour Mathilde une immense reconnaissance.

Maître Flamel s'éclaircit la gorge, la tirant de son introspection.

— Je vais vous rédiger une réponse à poster sur votre blog et vos réseaux sociaux. Je me charge également de faire parvenir un recommandé à Mlle Tisserand pour lui signifier de rectifier le tir sous peine de poursuites judiciaires. Je vous fais parvenir le tout dès ce soir et si vous validez, on enclenche une action demain matin, pour être *clean* avant le week-end.

— M-Merci.

— Bien entendu, je reste disponible si vous avez des questions.

Sophie est encore si chamboulée par ce retournement de situation qu'elle remarque à peine que son interlocuteur affiche un sourire légèrement embarrassé.

— Vous savez, j'avais eu vent de cette histoire parce que je suis chanteur dans un groupe de black métal. Desekrator, notre batteur, était présent au salon de Bourges et il m'a raconté ce qui s'était passé.

— Desekrator ?

— Steevie. Le frère du nouveau prêtre de Bécon-les-Pois.

Ne le remettant pas, Sophie cligne à nouveau des paupières.

— Il travaille au Livrindigo de Granfleur.

Dans un flash, elle identifie le type sympa qui l'avait

retenue par le bras, avec sa ceinture à clous et son sweatshirt au logo stylisé.

— Ce n'était pas pour commérer ou quoi que ce soit, se justifie Maître Flamel en levant les mains. On s'est juste dit que ce genre de magouilles existaient partout… malheureusement.

— J'imagine.

— Cela dit, en tant qu'avocat, je sais identifier la gravité de la situation présente.

— C'est bien que vous compreniez.

La jeune femme se sent soutenue et parvient à oublier la profonde solitude qu'elle a intériorisée au cours des dernières semaines.

— Bon, Sophie, on se recontacte par mail ce soir ?

— Oui, merci de votre aide.

Alors qu'elle referme Skype et éteint son ordinateur pour le ranger, elle engloutit le reste de son café tiédi. Admettant que le frisson électrique qui se propage alors de son cœur à la pointe de ses doigts n'est pas entièrement dû au conflit avec Mina, elle se jure d'arrêter les stimulants.

Entre la fin des études qui se rapproche, la théine et la caféine qui coulent dans ses veines en continu, sa recherche d'appart qui la paralyse tant qu'elle n'a pas encore eu le courage de se lancer et les picotements qu'elle ressent quand Jérôme est dans les parages, elle est tiraillée entre l'envie de disparaître sous terre et celle d'élever des murailles si hautes qu'elles la projetteront dans la stratosphère où elle pourra flotter librement, très haut, loin de tous ses soucis.

Alors qu'elle vérifie le trajet pour se rendre à son shooting photo, elle reçoit un texto.

Mathilde : Maître Flamel me confirme l'enclenchement

de la procédure. On va lui faire ravaler ses mensonges !

Chapitre 18

Mardi 23 avril, Vieux Lyon

— Je suis vraiment satisfait des croquis qu'Éric nous a présentés, dit Jérôme.

— Hmm-hmm, marmonne Sophie qui n'a pas la tête à discuter.

Le soleil vient de disparaître derrière les toits des petits bâtiments du Vieux Lyon et elle profite de la fraîcheur du soir.

Dans les ruelles marchandes, les échoppes ont plié boutique alors que les restaurants dressent les tables pour le service.

— Tu marches super vite. Tu as envie de tracer ?

— Non, c'est juste que j'aime bien le crépuscule.

— Je pensais que tu préférais le soleil.

Elle réfléchit pendant quelques secondes.

— C'est vrai, mais ce que j'aime aussi à l'approche de l'été, c'est cette sorte de sensation électrisante quand la nuit commence à tomber, comme si tout devenait possible. Je n'arrive pas à l'expliquer.

Jérôme continue d'avancer en l'observant.

— Je comprends. Je suis peut-être plus mélancolique que toi et je préfère les brumes matinales.

Elle lui coule un regard et voit que ses yeux ne la quittent pas, comme s'il méditait sur cette différence fondamentale.

— On est bien assortis, fait-il.

— À l'opposé, tu veux dire.

— L'alchimie, c'est toujours l'union de deux principes, non ?

Elle hausse les sourcils d'un air goguenard puis s'autorise un sourire.

— Tu vas passer le reste de la semaine à bosser sur le projet ? demande-t-elle.

— Oui, pas de soirée gothique pour moi vendredi soir. J'ai vu qu'il y en avait une dans ta boîte habituelle, dans le Vieux Lyon.

Il laisse peser un silence lourd de sens qu'elle s'empresse d'esquiver.

— Je ne sais pas si je pourrai me libérer non plus. Faire jouer mes contacts pour aider Éric à trouver des costumes et des accessoires pour le shooting m'a demandé beaucoup de temps.

— Je comprends. Je te suis reconnaissant de tes efforts pour donner vie à ma vision, sincèrement.

Sophie est tiraillée entre l'envie de crier qu'elle aimerait participer à tous ses projets et celle de détaler à grands pas. Elle croise les doigts pour qu'il ne parvienne pas à déchiffrer son expression. Confrontée à un avenir incertain, elle ne sait pas si elle a envie de se raccrocher à quelque chose… ou quelqu'un.

— Ça ne va pas, toi, en ce moment, lui souffle Jérôme en penchant la tête vers elle.

Peine perdue.

— Sincèrement, je n'ai pas envie d'en parler.

— C'est à cause de cette histoire avec Mina ?

Oh, Mina n'est qu'un pion sur l'immense échiquier de sa vie ! Cendre et elle attendent toujours une rétractation officielle après la vidéo calomnieuse, mais la page sera vite tournée. Ce ne sera qu'un des nombreux obstacles qu'elle rencontrera aux détours des chemins de la vie.

Son problème est plus profond, identitaire, incommunicable.

— C'est ça, oui, dit-elle pour couper court à la conversation.

Pas dupe, Jérôme la retient par le coude et sa douceur la fait céder.

Au sein du tourbillon qu'est le reste de sa vie, le visage du jeune homme est devenu si familier que ça lui donne un coup au cœur.

Elle plonge dans son regard pendant quelques secondes qui paraissent s'étirer à l'infini.

— Tu sais que tu peux me parler.

— Je sais, merci, mais je n'en ai vraiment pas besoin. Je me débrouille toute seule.

— Tu n'es pas forcée de le faire.

— C'est à moi d'en juger.

Elle trace en direction d'une grande rue.

— Je dois me dépêcher. J'ai rendez-vous avec Mme Michel dans vingt minutes.

— Laura ? Elle est de passage à Lyon ?

— Oui. Elle s'est loué un appart pendant quelques semaines.

— Sophie, attends.

Elle ne s'arrête pas et poursuit sa route.

— Je sais que je t'ai déjà posé la question, mais pourquoi me fuis-tu ?

— Je suis occupée.

— Même réponse...

Malgré elle, elle sourit, mais son visage se crispe quand elle se remémore l'issue de leur discussion pendant la fête des Lumières.

— Je ne veux pas te mettre mal à l'aise, commence-t-il lentement, mais je pensais qu'il y avait quelque chose entre nous.

Elle ne répond pas et ses pieds figés sur place l'empêchent de prendre ses jambes à son cou.

— Je suis désolée, mais...

— J'ai l'impression qu'on se tourne autour depuis plus de deux ans. Ou bien c'est juste moi qui t'importune sans m'en rendre compte.

— Non !

L'exclamation de Sophie résonne à ses propres oreilles alors qu'il ne cesse de scruter son visage.

— Ce n'est vraiment pas toi, dit-elle en avançant les mains d'un geste défensif. Tout est tellement embrouillé en ce moment que je n'ai pas le temps de songer à autre chose.

— Tu ne peux pas continuer à courir dans tous les sens pour éviter de te poser et de réfléchir à ce que tu veux vraiment.

— Tu crois que c'est ce que je suis en train de faire ?

— Ça me semble évident.

Refusant d'admettre qu'il a raison, elle se lance dans des explications approximatives.

— J'ai bientôt fini mes études, je n'ai pas trouvé de travail, je vais devoir changer d'appartement et ma meilleure amie déménage à l'étranger… Je n'ai pas l'esprit à m'engager dans quoi que ce soit.

— *T'engager…* avec moi ?

Il sourit et elle réalise qu'elle vient de trahir son désir secret.

— Il faut vraiment que j'y aille. Recontacte-moi pour me donner la date du shooting.

— Sophie…

Il tente de la rattraper, mais sa main lui file entre les doigts.

Fidèle à lui-même, il la laisse partir sans insister.

Au fond d'elle, elle sait parfaitement que c'est parce qu'il est certain qu'elle reviendra vers lui.

Quoi qu'elle ait pu dire, elle aussi en est convaincue.

***

Les convives ont déjà envahi le bouchon, mais leur table excentrée leur offre assez d'intimité pour que Sophie ne se sente pas oppressée.

— Ça faisait des années que j'avais envie de visiter ce musée, dit Mme Michel. Il faudra que tu ailles y jeter un coup d'œil.

— Vous allez vraiment pouvoir profiter de votre séjour si vous restez ici pendant un mois.

— C'est l'avantage d'être retraitée.

Sophie lui sourit et avale une fourchetée de pâtes.

— Vous avez découvert des lectures intéressantes ?

— Je suis surtout allée au théâtre pour entendre des textes vivants.

Elles s'interrompent pendant quelques instants pour poursuivre leur repas.

— Tu as des nouvelles du jeune homme écossais ?

Sophie soupire en se demandant comment son institutrice va prendre la nouvelle.

— Liam ? Tout va très bien. Cendre a postulé pour un transfert de plusieurs mois à l'antenne écossaise de Dreamcasting afin d'aller le rejoindre.

— Pardon ?

— Depuis qu'elle l'a rencontré, elle a enfin sorti le nez de ses romances Fantasifemme pour vivre dans la vraie vie.

— Elle en avait besoin.

Sophie attend un *et toi ?* qui ne vient pas. Elle en est reconnaissante, mais au fil des secondes, l'air embarrassé de Mme Michel ne fait que s'accentuer.

— Désolée de te demander ça, mais j'ai vu sur YouTube la vidéo d'une jeune femme qui s'appelle…

— Mina. Si ça ne vous dérange pas, je n'ai vraiment pas

envie de remettre le sujet sur le tapis. Mathilde a eu la gentillesse de me fournir un avocat et les choses vont rapidement se tasser.

— Tu en es certaine ? La vidéo est quand même en ligne depuis une quinzaine de jours et il n'y a toujours pas eu de rétractation de sa part.

— Nous... Je...

Se taisant pour arrêter de bafouiller, Sophie se pince l'arête du nez.

Devant la sollicitude de Mme Michel, elle se sent redevenir aussi vulnérable que le jour où elle avait franchi le seuil de sa salle de classe pour la première fois, à l'âge de sept ans.

— Sophie, je ne voulais pas te mettre mal à l'aise. Bien entendu, je ne vais pas avaler toutes les choses qu'elle a dites sur toi.

— Ce n'est pas ça.

Alors qu'elle tente de formuler une explication, ses murailles s'effritent et elle sent ses yeux se remplir de larmes.

— C'est simplement qu'en ce moment, tout me tombe dessus en même temps et je n'ai pas la force de lutter *et* de commencer à planifier ce que je vais faire à la rentrée. C'est trop.

— Je comprends, dit Mme Michel qui lui prend la main. Je suis là pour toi, mais tu n'as pas quelqu'un à qui parler ?

Les visages de Morrigan, Slávka et Jérôme se succèdent rapidement dans l'esprit de la jeune femme. Elle s'apprête à hocher la tête quand elle songe soudain à Mina, à la panique de Cendre confrontée au vol durant le salon, à l'agressivité de Bright qui l'a privée de la sensation de sécurité jusque dans l'allée de sa maisonnette.

Consciente de se donner en spectacle, elle plaque une main sur sa bouche alors que Mme Michel tire de son sac un mouchoir en papier.

— Cendre a t-trouvé q-quelqu'un d'autre.

Elle hoquette tellement que sa phrase est incompréhensible.

— J'ai honte de lui en vouloir, d'en vouloir à Liam, poursuit-elle en prenant un deuxième mouchoir pour s'essuyer les yeux.

— Je comprends. Vous avez été inséparables pendant des années, mais vous continuerez à travailler ensemble et à vous parler toutes les semaines par écran interposé.

— Je sais, c'est la vie.

Elle renifle et pousse un grand soupir devant le regard prévenant de son institutrice.

Étrangement, elle n'a pas honte.

— Je crois que tu as besoin de te confier, poursuit Mme Michel d'un ton légèrement interrogateur. Tu cours toujours dans tous les sens, tu poses devant l'objectif des autres, tu travailles pour les autres, mais tu ne prends jamais de temps pour toi.

— J'essaye, mais tout se retrouve toujours détruit.

— Qu'est-ce que tu veux dire par là ?

— Les trois années de ma licence ont filé en un rien de temps et je vais déjà devoir quitter l'université. On fait tout notre possible avec Cendre pour créer une communauté positive et il suffit d'une vidéo pour que tout soit gâché. Je suis bien dans ma chambre, chez Mme Gisèle, mais elle vend la maison et je suis contrainte de partir.

Son discours lui a semblé interminable et elle ferme les paupières pour reprendre sa respiration.

Quand elle les rouvre, Mme Michel hoche la tête avec sollicitude. Elle lui tient toujours la main.

— Oh, Sophie. La vie est faite d'évolutions. Il faut l'accepter. Ça ne veut pas dire qu'on perd toujours au change.

— Je sais, mais si au moins *une* chose demeurait permanente, je pourrais m'y raccrocher. J'ai l'impression que je m'épuise rien qu'à tenter de sortir la tête de l'eau.

— Premièrement, tu ne sors pas juste la tête de l'eau. Tu abats une somme de travail considérable et tu as déjà du succès dans les choses qui t'intéressent.

— Mais tout me file entre les doigts !

— Une chose demeure permanente, Sophie. Toi. Ta force, ton énergie, le réseau que tu t'es construit.

— Je n'ai pas l'impression d'en avoir un.

C'est dit.

Elle n'avait pas eu l'intention de prononcer ces paroles.

C'est la première fois qu'elle parvient à mettre des mots sur un sentiment qui couve au fond de son ventre et elle a honte de sa maladresse.

— Excusez-moi, ce n'est pas ce que je voulais dire. Je vous suis reconnaissante de votre amitié. C'est juste que… Je ne sais pas comment le formuler.

— Tu veux que je le dise pour toi ?

Sophie la regarde, interloquée, et fait signe qu'elle ne comprend pas.

— Tu n'as jamais tourné la page sur ton véritable problème. Tu as simplement construit des murailles autour de toi pour te protéger.

— Je ne veux pas tout perdre.

— Tu n'es pas sur le point de tout perdre, argumente Mme Michel. Tu es à l'orée de ta vie d'adulte avec des compétences que beaucoup t'envieraient.

— Je…

Sophie rentre en elle-même et bloque le monde qui l'entoure pour se donner l'illusion du contrôle.

Quand elle se rend compte de ce qu'elle est en train de

faire, elle entend Mme Michel qui prononce son prénom.

Elle rouvre les paupières et soutient son regard.

— Quand as-tu déjà tout perdu ?

— Je crois que vous connaissez parfaitement la réponse.

— Effectivement. Tu dois revenir dessus puis tourner la page une bonne fois pour toutes.

Sophie se prend la tête entre les mains.

Elle sait que cette nuit, les cauchemars vont revenir.

Mais comme le soleil revient toujours après l'orage, elle se dit que ce sera peut-être la dernière fois et qu'après, ils se dissiperont pour toujours.

Chapitre 19

16 ans plus tôt, Accra, Ghana

La terre battue ocre colore les sandales de Sophie.
Elle a toujours trouvé ça beau.
Elle a souvent envie de s'en couvrir le visage et les cheveux pour devenir une œuvre d'art vivante, comme lorsque sa grande sœur Gifty s'applique en cachette le rouge à lèvres qu'elle a chipé à son amie.

Un jour, quand elle sera grande, elle se peindra le visage pour qu'il ressemble à un masque. Elle dansera toute la journée et ses pieds toucheront à peine le sol.

Elle vit dans une grande maison avec ses deux grandes sœurs et son petit frère qui pleure beaucoup et court partout. Il aime faire du bruit et tape toujours sur les verres et les bouteilles avec ses couverts.

Tous les jours, son père prend la voiture pour aller au centre-ville. Il travaille dans un grand bâtiment rempli de machines. Elle sait dire les mots *agence gouvernementale*, mais elle ne les comprend pas. L'endroit lui rappelle un jeu de Meccano géant.

Parfois, son père ramène des plans à la maison et il parle au téléphone le soir en baissant la voix pour ne pas les réveiller.

Mais Sophie tend l'oreille.

En ce moment, il est stressé. Un jour qu'elle jouait sous la fenêtre, elle a entendu sa mère pleurer en discutant avec ses tantes. Elle a dit qu'elle ne voulait pas s'en aller, mais qu'elle avait peur. Sophie n'a pas compris, mais ses pieds ont cessé de danser et elle est allée s'asseoir sur une pierre, immobile, pour réfléchir à la situation. L'autre soir, durant le repas, son père s'est levé pour éteindre la radio pendant les informations. Sa mère a serré très fort sa fourchette dans sa main.

Aujourd'hui, sa mère travaille dans le bureau où elle fait des comptes et Sophie a accompagné son père à l'usine remplie de machines. Il a sorti des feuilles et des crayons de couleur qu'il a placés sur un coin de son bureau et elle s'est posée là pour faire des dessins. Pendant longtemps, elle colorie des fleurs, des maisons et des oiseaux. Elle est tellement concentrée qu'elle n'entend pas tout de suite les cris près de la porte.

Soudain, des explosions en rafales déchirent l'air et elle se retrouve projetée à terre par le corps de son père qui la pousse violemment sous le bureau. Elle a l'impression d'étouffer alors que des voix menaçantes ordonnent à son père de mettre les mains en l'air. Il lui souffle de ne pas bouger et se redresse avant qu'elle puisse le retenir. Elle ne voit plus que ses jambes.

Dans le renfoncement sombre sous le bureau, le temps reste en suspens. Elle entend des objets qu'on déplace, des papiers froissés, des cris. « Les codes de sécurité ! Venez ici et ne jouez pas au héros. »

Il y a des gémissements et des suppliques.

Quand des sirènes éloignées résonnent au-dehors, sur l'avenue, tout s'active. Elle entend des gestes précipités suivis d'une cavalcade vers la sortie.

Après un bref silence, une autre rafale assourdissante fend l'air et elle voit son père tomber, le côté de son ventre coloré de rouge.

Tout en elle s'immobilise.

Elle a l'impression qu'elle ne ressentira plus rien de toute sa vie, qu'elle s'est statufiée, ne faisant plus qu'un avec le bois du bureau qui la protège comme une muraille.

Puis elle entend les sirènes qui se rapprochent et des pas qui déboulent dans l'usine.

Elle ne sait pas combien de minutes elle est restée cachée, mais le temps qu'on la retrouve pour la faire sortir, la chemise de son père a intégralement changé de couleur.

Elle ne pleure toujours pas quand un infirmier la prend dans ses bras pour la porter jusque dehors, vers les véhicules. Trop choquée pour émettre le moindre son, elle tend les mains vers son père qu'on étend sur une civière.

Sa mère vient la chercher à l'hôpital, les yeux rougis de larmes. Deux de ses oncles sont présents aussi et cette nuit-là, entre deux cauchemars, elle les entend discuter au salon.

Ils se relaient pour dormir sur le canapé jusqu'à ce que son père revienne de l'hôpital, amaigri. Il a sur les traits un air sérieux qui ne s'efface pas, qui ne s'effacera plus jamais.

Tout dans la maison disparaît, remplacé par des cartons qui disparaissent à leur tour, et sa mère emmène Sophie dans un bâtiment administratif pour remplir des papiers et cocher des cases.

La petite fille ne comprend pas ce qui arrive et a peur de demander, mais elle n'arrive plus à jouer dehors sur la terre rouge. Elle lui rappelle la chemise de son père qui s'imbibait de sang alors qu'elle-même était protégée par des parois impénétrables.

— Sophie, on va déménager, lui dit un jour sa grande sœur Mercy.

— On va prendre l'avion, renchérit Gifty.

Elle ne comprend pas pourquoi ils ont besoin de voler juste pour changer de maison, mais elle n'a pas le temps d'y réfléchir.

Un matin, ils montent tous dans un taxi et partent pour l'aéroport.

Le voyage en avion est beaucoup plus long qu'elle l'avait imaginé et ses parents lui disent qu'ils vont dormir à l'hôtel, parce qu'ils prendront des voitures le lendemain.

Quand elle demande si elle pourra quand même aller à

l'anniversaire de son amie Grace jeudi après-midi, ils se regardent et sa mère la prend dans ses bras pour lui embrasser le front.

À travers le hublot, après des kilomètres de champs plats, une agglomération aussi tentaculaire qu'Accra s'étend à perte de vue.

Dans le hall de l'aéroport, les gens parlent tous des langues différentes et elle se sent perdue jusqu'à ce qu'elle aperçoive un monsieur qui tient un panneau affichant leur nom de famille.

Il ressemble à l'un de ses oncles.

Très tôt le lendemain matin, après une nuit agitée dans un lit inconnu, c'est le froid qui la réveille, un froid insidieux qui se glisse comme une brume à travers les interstices des fenêtres.

Elle a déjà vu la pluie, une pluie sauvage qui fait chanter les toits métalliques et s'élever de la terre une odeur indéfinissable.

Ici, la pluie est un voile qui enveloppe le monde dans un nuage gris dont elle ne voit pas la fin. Un filtre d'où, quelques heures plus tard, émerge seulement le bâtiment de brique rouge où un monsieur et une dame plus âgée sont venus accueillir la voiture dans laquelle se trouve Sophie alors que la deuxième se gare un peu plus loin.

— *Welcome, misses Owusu!*

L'anglais du jeune homme est étrange, plat et dur.

D'un geste prévenant, il leur fait signe de se diriger vers l'entrée du bâtiment.

— *Rain*, dit seulement la dame en faisant danser ses doigts de haut en bas.

Puis elle se précipite au secours du père de Sophie qui émerge de l'autre voiture, Kwasi dans les bras. L'enfant pousse des ululements aigus et frissonne. Il ne porte qu'un t-shirt et Sophie comprend que le voyage en voiture l'a rendu malade.

Un autre monsieur en uniforme bleu électrique pose ses mains sales sur les poignées des bagages pour les sortir du coffre.

Puis le jeune homme se plie en deux vers elle, la faisant sursauter.

— *Hello, my name is Frank. What's your name?*
— *Sophie*, répond-elle du bout des lèvres.
— Sophie, répète l'homme avec une étrange intonation. Son prénom ne lui appartient plus.

Elle se tourne vers Gifty qui se raccroche de toutes ses forces aux bretelles de son sac à dos plein à craquer.

Faisant semblant d'être forte, Mercy vient lui prendre la main pour la conduire à l'intérieur du bâtiment.

Fixé à la paroi jaune clair de la cabine du gardien, un panneau est couvert d'affiches. Sophie reconnaît des lettres, mais les mots lui semblent aussi opaques que les sons qui sortent de la bouche de tous ces gens blancs. Ils sont trois. Elle a l'impression de n'en avoir jamais vu autant.

— *Here are the communal kitchens...*

Les cuisines ? L'accent est si étrange qu'elle ne parvient pas à associer les sonorités à l'image de sa mère debout devant son immense cuisinière, auréolée par un fumet délicieux et les rires constants de la file intarissable d'invités qui ne cessaient d'envahir leur maison.

Pas le temps de s'apitoyer, car commence alors une série de jours aussi gris les uns que les autres.

Il y a d'autres familles dans le bâtiment, qui parlent un anglais bizarre ou pas anglais du tout.

Elle demande à ses parents quand ils vont rentrer chez eux, mais ils lui demandent d'être patiente. Ils obtiendront bientôt de l'aide pour trouver un appartement et du travail.

Au bout de quelques semaines, elle se résigne et

comprend qu'elle a perdu le soleil pour toujours. Maintenant, elle habite dans un nouvel endroit qui s'appelle Rouen et elle vit dans des limbes. Elle a l'impression d'être revenue sous le bureau, tenue de garder le silence, figée entre la vie et une mort inévitable si elle pointe le bout de son nez.

Ses journées, elle les passe dans une salle de classe avec ses deux grandes sœurs et d'autres enfants pour apprendre le français. Elle trouve ça étrange, mais elle est contente parce qu'elle comprend de plus en plus de phrases.

Un jour, l'appartement au centre des réfugiés devient aussi vide que sa maison du Ghana et elle sent un frisson de peur lui dévaler l'échine quand elle voit les valises.

Ils montent à nouveau dans les deux voitures. Sophie a grandi et s'y sent un peu plus à l'étroit que la dernière fois.

Leur nouvel appartement est situé en haut d'un immeuble qui ressemble à tous les autres dans le quartier. Elle n'ose pas sortir, de peur de ne jamais retrouver son chemin.

Elle sait que cet endroit s'appelle Granfleur et que parfois, l'air sent l'iode, parce que l'autre côté de la ville est en bord de mer.

Un jour, sa mère l'emmène en tramway avec ses sœurs à leur nouvelle école.

Elle suit la directrice dans un couloir le long duquel sont accrochés des imperméables colorés.

Une porte s'ouvre sur une salle de classe remplie d'enfants de son âge. Aucun ne lui ressemble vraiment, mais une dame au visage gentil vient se présenter. Deux longues boucles brunes lui encadrent le visage.

— Bienvenue, je suis Mme Michel. Tu peux m'appeler Laura.

L'institutrice se tourne vers la classe et parmi des mots de français, Sophie reconnaît son prénom et son nom de famille, prononcés avec cet accent qui les fait paraître étrangers à ses propres oreilles.

Son pays lui manque.

Elle a la sensation d'être coincée derrière une muraille opaque qu'elle ne parvient pas à abattre.

Mme Michel la dirige vers un pupitre qu'elle devra partager avec une fille aux cheveux orange qui la dévisage en ouvrant de grands yeux émerveillés.

Elle a un prénom improbable et Sophie se dit qu'elle a mal compris. *Ash* ?

Très vite, on lui place un livre entre les mains. Elle l'ouvre. *Crin-Blanc*. Un cheval. Des paysages en bord de mer. Un garçon. Les illustrations lui parlent plus que les phrases qu'elle a encore du mal à comprendre.

Ash dit qu'elle aime beaucoup le roman et tout son être paraît vibrer, comme électrisé, alors qu'elle cherche sa page.

Mme Michel entame sa lecture à haute voix.

Les mots sortent de sa bouche avec une précision si intense que Sophie en reste fascinée. Elle s'en remplit les oreilles, notant toutes les variations de ton, quand elle perçoit une inquiétude, un changement de cadence.

À côté d'elle, Cendre se raidit. Son regard noisette cherche son soutien. Son petit nez couvert de taches de rousseur se fronce.

Sophie traduit les mots dans sa tête.

Le cheval, l'enfant, la mer. Une fuite. Une fuite vers la mort.

Elle a fui, elle aussi. Elle ne veut plus jamais revivre cela. Elle se promet d'ériger des murailles et de se construire une forteresse, de rester en sécurité là où plus personne ne pourra l'atteindre, là où elle ne verra plus le sang qui détrempe les vêtements de son père.

Mme Michel ralentit. La dernière phrase est prononcée. Le cheval et l'enfant sont morts. Le silence revient.

La fille aux cheveux de feu a les yeux remplis de larmes. Sophie ne trouve plus ses mots. Elle aussi a le cœur en pleurs.

— Madame, s'exclame-t-elle, Cendre fait la pluie avec les yeux !

Mme Michel se retourne vers elles et les considère en silence pendant quelques secondes.

Un courant passe entre elles trois.

Sophie aimerait que cet instant dure à jamais.

Chapitre 20

Jeudi 2 mai, Vieux Lyon

Morrigan : Connecte-toi. Il se passe quelque chose.
Sophie : Plus tard. Je viens de finir le shooting photo pour le festival.

— Elle était vraiment serrée, dit l'assistante en descendant la fermeture éclair de sa robe rouge.
— J'ai fait attention à ne pas trop gigoter, dit Sophie alors qu'elle remet son portable dans son sac posé sur la table de maquillage.
Elle sourit à son reflet.
Pour le dernier changement de costume, la masse de sa chevelure a été fourrée dans un fin ressort métallique évasé qui fait office de couronne. L'effet est étonnant.
Laissant les mains expertes de la jeune femme danser sur son visage afin d'en retirer le maquillage, elle ferme les yeux et tend l'oreille pour écouter la conversation dans la pièce principale du studio.
Éric a l'air très content. Elle comprend qu'il fait défiler les clichés sur son appareil pour les montrer à Jérôme.
Le photographe a raison. La lumière a été fantastique, que ce soit pour les clichés pris à l'intérieur ou bien dans les rues du Vieux Lyon.
Une fois que Sophie a renfilé ses vêtements, elle sort du vestiaire. L'endroit est animé et les silhouettes des deux garçons se détachent sur la fenêtre baignée de soleil. Ils sont toujours plongés dans la contemplation de leur œuvre. D'un côté de la pièce, l'éclairagiste finit de ranger le matériel. De l'autre, l'assistante dispose sur la table des bouteilles en plastique et des biscuits apéritifs.

— À la bonne franquette, sourit-elle.

Amusée, Sophie prend un verre de boisson à l'orange et un cracker salé.

Cet étrange mélange provoque en elle une bouffée de nostalgie alors qu'elle se remémore le premier événement *low cost* de Nozinabook dans les locaux de Livrindigo. Elle se souvient des tables à tréteaux, des heures passées sur les réseaux à créer de l'engouement, de l'excitation qui n'a cessé de croître durant les heures qui ont précédé la signature du livre par l'auteure.

Elle se dit que c'est peut-être ce que Jérôme a dû ressentir aujourd'hui. La culmination d'un projet de création artistique qui a incubé en lui pendant des mois et dont elle est la muse.

Non, ce mot l'effraie. Ce n'est pas vraiment cela... Elle l'a simplement aidé à accomplir sa vision et elle est contente de l'avoir fait. Plus encore que pendant ses shootings professionnels, elle s'est sentie centrée dans le processus créatif.

— Tu veux voir les clichés ?

Jérôme s'est approché d'elle sans qu'elle s'en rende compte.

— Non. Je préfère les découvrir lors de l'expo, avec les textes que tu as rédigés pour les accompagner. Comment allez-vous vous organiser ?

— On va les imprimer et les disposer à côté des photos qui les illustrent. Le dernier après-midi, on projettera les clichés sur un mur pendant que je lirai quelques textes. Isabelle a aussi prévu un numéro de danse contemporaine qui évoque les thèmes.

— J'ai hâte de voir tout ça.

Son enthousiasme est sincère.

— On dirait que ça va mieux, dit-il.

— Qu'est-ce que tu veux dire ?

— Je n'ai pas vu tes mains trembler depuis un petit moment.

— Oh, je dors beaucoup mieux en ce moment.

Face à la curiosité dans ses prunelles noisette, elle a envie de se confier, mais quelque chose la retient encore. S'ils se retrouvaient seuls, elle est quasiment certaine qu'elle passerait des heures à laisser se déverser tout ce qu'elle a toujours tenté de retenir. Si elle tendait le bras, elle sentirait le bonheur au bout de ses doigts, mais elle n'est pas encore certaine d'être prête à le saisir à pleines mains.

— Je crois que ton téléphone sonne, les interrompt l'assistante en désignant son sac laissé par terre.

Sophie se penche pour le récupérer et l'écran s'éteint.

— Non, c'est seulement un texto.

Mathilde : Victoire ! Bonne chance pour le festival.

Sa surprise doit être évidente, car Jérôme pose une main sur son bras.

— Que se passe-t-il ?

— Je viens de recevoir un message de la sœur de Cendre, mais je ne sais pas de quoi elle parle.

Se souvenant du SMS précédent de Morrigan, elle se connecte au compte Instagram de Nozinabook. Les messages et commentaires s'accumulent.

— Tu veux bien qu'on passe dans une autre pièce ? demande-t-elle à Jérôme sans s'avouer pourquoi elle ressent le besoin de l'impliquer.

— Bien entendu.

Il s'empare d'un verre de thé glacé et l'escorte vers le vestiaire alors qu'elle clique sur un message que vient de lui envoyer Cendre. Le lien pointe vers une vidéo YouTube.

— Pas possible ! s'exclame-t-elle.
— Qu'y a-t-il ?
— Je crois que Mina se rétracte.
— Toutes les choses horribles qu'elle a dites sur toi… sur vous ? Il était temps.

Ils s'asseyent et elle pose son portable entre eux.
— Monte le son, dit-il.

Elle s'exécute et lance la vidéo.

Sur l'écran, une Mina faussement contrite explique d'une voix larmoyante qu'elle s'est laissé emporter par ses propos. Une contre-enquête lui aurait révélé que Sophie n'était pas responsable du vol de ses cartons et de la tentative de sabotage de son stand pendant le salon du livre.

— Quelle menteuse ! Elle n'a pas été sabotée du tout ; par personne. C'est plutôt le contraire. Elle continue de se positionner en victime.

— Laisse couler. C'est déjà bien qu'elle s'excuse.

— Je vous prie de me pardonner, poursuit la voix hypocrite de Mina. Je souhaite vraiment créer une communauté positive et…

Un appel interrompt la vidéo.

— *The Alchemist* ? s'étonne Jérôme en lisant le nom affiché.

— C'est Maître Nicolas Flamel, mon avocat. Il est chanteur dans un groupe de black métal.

— Pardon ?

— Oui, Maître ? fait Sophie qui a décroché et enclenché le haut-parleur. Je suis en train de regarder la vidéo avec un ami.

— Bonjour, mademoiselle Owusu. Une victoire pour nous ! Il était temps.

L'enthousiasme dans sa voix profonde est communicatif.

— On se faisait la remarque, oui, répond-elle avec un éclat de rire involontaire.

— Je tenais vraiment à ce que toutes les accusations contre vous soient retirées avant le festival. Vous m'aviez dit que c'était très important pour votre avenir professionnel.

— En effet. Je suis en plein démarchage en ce moment.

— Bon… j'espère que vous n'aurez plus de problèmes. Si vos parents reçoivent à nouveau des emails comme celui dont vous m'aviez parlé, faites-le-moi savoir. J'en parlerai à Mme Germon-Jéricho et notre cabinet pourra demander à un expert en informatique de remonter à la source.

— Merci, dit rapidement Sophie qui remarque que Jérôme fronce les sourcils.

— Je suis ravi. Sur ce, je vous souhaite une bonne journée.

— Vous de même. Merci encore.

Elle raccroche. Jérôme n'a toujours pas détourné le regard d'elle.

— Pourquoi a-t-il mentionné tes parents ?

— Longue histoire.

— J'ai tout mon temps.

En effet, il ne la quitte pas du regard.

Se voyant incapable de lui résister, elle se lance dans de brèves explications.

— Pendant le Salon du livre de Bourges, juste avant mon intervention en direct, mon père a reçu un email avec des photos que j'avais prises pour une campagne de pub où j'étais couverte de peinture corporelle. Le message se voulait inquiétant, du genre « votre fille prend des photos dénudées ». Ça a été la crise. Mes parents sont gentils, mais plutôt… traditionnels.

— Je vois. Ils t'ont fait des reproches.

— Pas vraiment. Ils étaient morts d'inquiétude et voulaient surtout que j'arrête les photos.

— Ça t'aurait brisé le cœur.

— Comment tu le sais ?

Elle se retourne vers lui pour scruter son expression ouverte.

— Je te connais. Je vois ce qui te fait vibrer.

— Tu me vois.

— Oui.

Elle a prononcé ces trois mots comme une évidence. Même lorsqu'elle se réfugiait derrière ses murailles impénétrables, Jérôme a toujours réussi à la cerner.

Assommée par cette révélation, elle a besoin de prendre un instant pour elle et baisse les yeux vers le verre de thé glacé qu'il a posé sur la table. Un souvenir lointain remonte à la surface et elle éclate de rire.

— Que trouves-tu de si drôle ?

— Juste après le bac, quand on parlait de nos projets d'avenir, j'avais fait semblant de lire l'avenir de Cendre dans un verre de thé glacé.

— Sans marc ?

— C'était pour déconner. Mais je lui avais prédit qu'elle rencontrerait un bel Écossais et vivrait avec lui dans un manoir, alors je crois que j'avais vu juste.

— En même temps, pas besoin d'être devin pour comprendre que c'était son rêve, non ?

Elle laisse peser un instant de silence, espérant qu'il lui poserait la question.

Elle se sent enfin prête.

— Et pour toi ? demande-t-il.

— Je ne sais pas, mais elle m'a dit que je vivrais probablement une histoire compliquée avec un bel écrivain.

— Hmm... elle avait raison aussi, non ?

— Absolument.

Alors que leurs regards ne se quittent plus, elle se rapproche de lui pour l'embrasser.

Chapitre 21

Samedi 25 mai, palais des expositions

Un carré de parquet a été installé au centre de la pièce pour former une piste de danse. Isabelle y évolue avec grâce, éclairée par des spots multicolores alors que des photos de Sophie sont projetées sur le mur derrière elle. En noir et blanc et en dégradé de sépia, elles comportent toutes une touche de couleur.

Sur une dernière note, la danseuse étendue à terre lève un bras. Sur le mur, Sophie apparaît dans sa robe rouge, la tête surmontée de son étrange couronne, puis l'image s'estompe.

Le silence revient, les spots colorés s'éteignent et les applaudissements retentissent.

La petite salle d'expo n'est pas tout à fait bondée, mais une certaine foule a fait le déplacement. Parmi eux, Sophie reconnaît les trois O. Si Nico et Caro n'ont pas changé, la barbe de Pedro a doublé de volume, le faisant plus ressembler à Moïse qu'à Jésus.

— Tu dois être content, dit-elle à Jérôme qui vient lui apporter une coupe de champagne.

— Je suis beaucoup de choses. Je ressens beaucoup d'émotions en ce moment. C'est la première fois que je participe à un projet artistique de cette ampleur.

— Ça t'inspire pour la suite ?

— Absolument.

Il sourit et elle voit la tension qui ne l'a pas quitté au cours des derniers jours se dissiper enfin.

— J'ai l'impression que la journée de gala a débarqué à toute vitesse, reprend-elle.

— Le seul bémol du festival, c'est qu'il tombe en pleine

période de révision des examens.

— Et de préparatifs pour le déménagement.

Elle ressent un pincement au cœur quand elle le voit plisser les lèvres d'un air contrarié.

— Tu es déjà dans les cartons ?

— Oui et non. Je t'avais dit que la proprio a lancé des travaux afin de rafraîchir la maison avant de prendre des photos pour l'annonce et d'enclencher les visites, alors j'ai mis la main à la pâte. Je t'apprends que mardi, pendant que tu répétais avec Isabelle, j'ai refait les joints de la grande salle de bains.

— Je t'imagine bien avec ton pistolet à colle.

Leurs sourires incertains cèdent la place à un silence lourd de sens.

— Alors, tu n'es pas encore partie ?

— Pas encore, non.

Le silence entre eux crépite d'une électricité contenue, puis il se lance.

— Soph', tu sais que tu peux toujours venir habiter chez moi en cas de besoin.

— On n'en est pas encore là.

— Je sais.

Mais alors qu'il lui prend la main, elle n'en est plus vraiment sûre.

Voulant se donner une contenance, elle laisse courir son regard sur la foule et repère Morrigan dans un coin. Ne la voyant pas, la jeune femme braque les yeux vers l'autre bout de la pièce puis les détourne, répétant le mouvement à plusieurs reprises. Quand Sophie suit sa ligne de mire, elle reconnaît Cylian, accaparé par la contemplation d'un portrait. L'homme à l'aura lunaire est accompagné par une femme de son âge et un préado qui a l'air de s'ennuyer ferme.

— C'est juste que je ne veux pas que tu te sentes obligée de partir si la maison de Mme Gisèle se vend rapidement.

— Merci, vraiment.

— Mais ?

Elle lève les yeux au ciel en souriant.

— Je ne sais pas si je serais capable de partager un espace avec quelqu'un en sachant que ce n'est pas le mien, que tout dépend du bon fonctionnement d'une relation. Je ne voudrais pas que quelque chose fasse dérailler ce que j'espère construire sur la durée.

— Tu n'as aucune certitude, mais c'est un beau pari, non ?

Elle coule à nouveau un regard vers Morrigan qui se mord la lèvre puis baisse les yeux.

— Que se passe-t-il ? demande-t-il d'un air inquiet.

— J'ai peur…

— Sophie a peur ?

Son incrédulité de façade est si convaincante qu'elle le dévisage d'un air heurté.

Il tente immédiatement de se corriger.

— Tu as peur en général ou tu crains quelque chose en particulier ? Parce que c'est une sensation bien différente.

Elle réfléchit pendant plusieurs secondes à cette subtilité linguistique avant de faire bouffer sa chevelure d'un geste nerveux.

— Les deux, mais je travaille sur le problème.

— Ah oui ? Comment ?

— Je croyais pourtant que c'était évident, répond-elle en entrelaçant ses doigts avec les siens.

— C'est un bon début. Je n'en espérais pas tant.

— Ah non ?

— Enfin, si, mais je ne pensais pas que j'allais parvenir à percer suffisamment tes murailles pour que ça arrive.

— Apprendre à les abaisser a été un travail de longue haleine.

— Je veux bien te croire, mais tu as l'air beaucoup mieux, maintenant.

Sophie prend une grande inspiration pour interroger son corps. Elle se *sent* beaucoup mieux. Le stress de l'expo vient de retomber, ses palpitations ont quasiment disparu, son réseau n'a jamais été aussi soudé.

Une boule d'énergie brune l'interrompt avant qu'elle ne puisse poursuivre la discussion.

— C'était fantastique, s'exclame Mme Michel qui s'est approchée d'eux, une coupe de champagne vide à la main. Félicitations à tous les deux.

— Merci.

— Je dois filer pour me rendre à un autre événement, mais on se revoit ce soir pendant le gala. J'ai une petite surprise pour toi, Sophie.

— Oh, merci. Qu'est-ce que… ?

Mme Michel s'éclipse avant qu'elle ne puisse achever sa question, mais la jeune femme remarque le regard complice que son ancienne institutrice a échangé avec Jérôme.

— Tu sais de quoi elle parle ?

— Peut-être.

— Dis-moi.

— Certainement pas. Viens, on va aider Éric qui a l'air débordé.

Sans lui laisser le temps de protester, il la guide vers le photographe assailli par les dictaphones de plusieurs journalistes.

***

— Ce n'est pas vraiment une surprise, dit Shin qui se

tient au côté de Sophie aux abords de la scène. Les votes du public et des sponsors vont généralement aux groupes de travail qui se produisent le soir du gala.

— Je ne m'attendais à rien. Vous m'aviez prévenue. C'est l'expérience qui compte.

Shin lève la tête vers elle afin de scruter son expression, mais Sophie lui adresse un grand sourire rassurant.

Elle s'attarde quelques secondes supplémentaires pour voir Mina et Sasha recevoir le premier prix pour leur numéro de marionnettes sous un tonnerre d'applaudissements, puis elle tourne les talons et regagne les coulisses.

Elle a envie de s'épargner une rencontre avec une Mina jubilante.

Même si elles ont été contraintes de se croiser à la fac, elles ne se sont pas adressé la parole depuis que Mina a cédé sous la pression de Maître Flamel. *The Alchemist*, songe-t-elle avec une pointe d'amusement. Elle se demande à quoi il ressemblerait avec un maquillage *corpse paint*.

Son téléphone vibre dans sa poche.

Cendre : Comment ça s'est passé ?
Sophie : Mina a gagné le prix, mais notre expo a reçu de très bonnes critiques pendant toute la semaine.
Cendre : Mme Michel est là ?
Sophie : Oui. Je dois la retrouver plus tard. Tout va bien ?
Cendre : Je suis dans les cartons.
Sophie : J'imagine. Bonne chance.
Cendre : À +

Alors qu'elle rengaine son portable, un mouvement devant elle attire son attention.

— Je suppose que tu es satisfaite ? lui lance une voix acérée débordante d'amertume. Tu t'en es tirée à bon compte.

En levant les yeux, elle s'étonne de découvrir Mina seule, sans la moindre acolyte pour l'aider à faire pression sur sa victime. Ce mot fait grimacer Sophie qui prend le taureau par les cornes.

— Ce n'était pas à moi de chercher à m'en tirer, comme tu dis. C'est toi qui as créé cette situation toute seule. Félicitations pour le prix, d'ailleurs.

Cette politesse sincère a l'air d'irriter l'autre jeune fille au plus haut point. D'un air revêche, elle remue le menton de droite à gauche.

— J'étais certaine de gagner. Après tout, j'ai eu la meilleure idée.

— C'est bien pour toi.

— Je ne sais pas pourquoi tu t'es accrochée puisque ton truc, ce sont les livres de vampires, non ? Je me demande d'ailleurs comment tu vas faire pour trouver un emploi sérieux avec tout ça.

Elle effectue un cercle de la main devant le visage de Sophie, désignant sans nul doute son maquillage et ses vêtements.

Ayant largement passé l'âge de ces gamineries de cour d'école, celle-ci ne réagit pas.

— Même si c'était le cas, je ne vois pas en quoi ça te concerne. Au contraire, ça devrait te faire une concurrente en moins, alors pourquoi t'entêtes-tu à en faire une affaire personnelle ?

Mettant un point d'honneur à la regarder dans les yeux pendant qu'elle lui assène cette vérité, elle voit Mina chanceler et s'engouffre dans la brèche.

— Et si tu me disais vraiment pourquoi tu me harcèles ?

Son ennemi ouvre des yeux incrédules.

— Je ne te harcèle pas. On a toujours été en compétition.

— On n'a *jamais* été en compétition, insiste Sophie. Nozinabook est intouchable parce qu'on l'a créé en y mettant tout notre cœur, sans stratégie. Quant à un emploi dans le monde de l'édition, comme on me le répète constamment, je suis bilingue et donc exportable. Je n'ai aucune envie d'aller m'enterrer dans une maison d'édition élitiste parisienne.

Elle aurait envie d'ajouter « et de mener une vie étriquée comme la tienne », mais elle se retient en voyant les yeux de Mina remplis de larmes de colère.

Pendant un instant, elle est confuse et regrette son emportement.

— Qui es-tu pour te croire supérieure à moi ? crache Mina.

— Je ne me pense pas supérieure. Qu'est-ce que tu racontes ? Je suis juste quelqu'un qui doit construire son propre futur sans m'attendre à ce qu'il me tombe tout cuit entre les mains.

Mina s'avance d'un pas et brandit un index nerveux.

— Tu n'as aucun droit. Je suis aussi bien que toi. Je…

— On n'obtient pas le succès en détruisant la réputation des autres pour avancer, juste une terre brûlée, s'interpose Jérôme qui est venu rejoindre Sophie.

Quand il passe un bras autour de sa taille, elle se sent soutenue.

— Je disais simplement *ma* vérité, fulmine Mina d'un petit filet de voix.

— Je n'ai pas fait ce dont tu m'accuses, réplique Sophie. Je ne veux rien avoir à faire avec toi à part t'éviter pour le reste de ma vie. Jusqu'ici, je me suis retenue de réagir à ton harcèlement parce que je ne voulais pas passer pour une victime, mais tu t'en es pris à mes amis et tu m'as traitée de voleuse aux yeux de dizaines de milliers de personnes. Je ne te le pardonnerai jamais.

— C'est le monde du travail, crache Mina. Si tu n'es pas capable de tolérer la concurrence, tu ne...

— Tu sais que je suis mannequin pour une des plus grandes agences de la ville ? la coupe Sophie. Tu sais que j'ai débarqué en France sans parler la langue et que j'ai quand même réussi à intégrer la même fac que toi, le même cursus que le tien ? J'ai l'habitude des remarques personnelles, justifiées ou non, tant sur mon physique que sur mes compétences. J'ai l'habitude des défis ; les relever me rend plus forte.

Sophie s'interrompt pour fixer Mina, qui a les lèvres qui tremblent.

— Je vois seulement que tu es incapable d'admettre tes erreurs sans la pression d'un avocat.

— *Erreurs* est un euphémisme, la coupe Jérôme. Je dirais plutôt *délits*.

Mina est si rouge que de la fumée pourrait sortir de ses oreilles.

— Vous vous en prenez à moi à deux contre une !

— Personne ne cherche à s'en prendre à toi, articule lentement Sophie. C'est toi qui fous volontairement la merde partout où tu passes.

— Tu ne comprends pas. Je ne peux pas te laisser faire.

— Faire quoi ? Exister ? Prendre de la place ?

Trop humiliée et en colère pour trouver ses mots, Mina ne répond pas.

— Et pourquoi ? poursuit Sophie. Parce que Papa et Maman te mettent la pression et exigent que tu sois la meilleure dans tout alors qu'au fond, tu n'es que du menu fretin ? Je suis désolée s'ils te respectent moins parce que tu es forcée de côtoyer une fille comme moi.

Cette fois, des larmes de rage coulent sur le visage de Mina et Sophie voit qu'elle est allée suffisamment loin pour la blesser. Pendant un instant, elle craint que la jeune femme n'explose et renouvelle son harcèlement, lui faisant perdre définitivement son réseau professionnel.

Toutefois, le bras chaud de Jérôme autour de sa taille lui donne de l'assurance et elle a même pitié du spectacle des larmes de Mina.

— Réfléchis-y, reprend-elle. Tu verras que dans quelques années, tu regretteras tes actes. Personnellement, j'aurai la belle vie, que ce soit dans le monde de l'édition ou pas. À bon entendeur.

Sans rien ajouter, elle tourne les talons et entraîne Jérôme hors du couloir des coulisses pour aller se mêler à la foule des spectateurs.

Son bonheur est devant elle.

Chapitre 22

— Sophie, tu rayonnes, lui dit Mme Michel en s'approchant d'eux.

Elle n'a pas l'impression de dégager quelque chose de particulier, mais elle admet qu'elle se sent plus légère.

— Tu n'es pas trop déçue de ne pas avoir remporté le prix ?

Cherchant confirmation auprès de Jérôme, Sophie secoue la tête.

— Je n'avais pas cette ambition, pour être honnête. J'avais même oublié que c'était une compétition. L'épreuve pour moi était de travailler en équipe sur la création d'un projet.

— Au lieu d'être la muse devant l'objectif ?

— On peut dire ça, quoique… je l'ai un peu été, avoue-t-elle en adressant un sourire à Jérôme.

— Encore une fois, je trouve que vous vous êtes très bien débrouillés.

Elle voit que le regard de Mme Michel erre vers le bras du jeune homme qui frôle sa taille de trop près. Cette tendresse affichée lui donne envie de sourire.

— Tu as été accepté pour le poste dont tu m'avais parlé ? demande l'institutrice en se tournant vers lui.

— C'est à confirmer pendant l'été, mais je suis positif.

Prise au dépourvu, Sophie le dévisage d'un air surpris.

— De quel poste s'agit-il ?

— Un théâtre à la Croix-Rousse cherche quelqu'un pour gérer leur promo et faire un peu de régie. Je suis allé leur parler et si les fonds se débloquent, je pourrai commencer dans quelques mois. Ma famille peut m'aider pour mes dépenses quotidiennes, mais ça me permettra de sortir la tête de l'eau tout seul.

— Ça serait bien pour toi, approuve Sophie.

Elle songe avec tristesse que ça voudrait également dire que si elle ne trouve pas de travail fixe à Lyon, il ne pourra pas la suivre.

Mme Michel a dû la voir se mordre la lèvre, car elle échange un bref regard avec Jérôme qui la lâche. Prenant la jeune femme par le bras, elle tourne la tête pour scruter la foule.

— Suis-moi, j'ai quelqu'un à te présenter.

Curieuse, Sophie se laisse volontiers entraîner. Tous trois slaloment parmi des petits groupes de gens en pleine discussion pour aller rejoindre une jeune femme d'une trentaine d'années qui leur adresse un geste de la main quand elle les aperçoit.

Ses ballerines, sa tenue sombre moulante et sa frange brune sage lui donnent l'air tout droit sortie du Quartier latin des années soixante.

— Laura ! Tu as apprécié la soirée ?

— Beaucoup.

— Jérôme, s'exclame la jeune femme en le prenant par le bras. Désolée, j'ai été retenue cet après-midi, mais j'ai vu l'exposition plus tôt dans la semaine.

— J'espère que ça t'a plu.

— Bien entendu.

Elle se tourne vers Sophie qui est restée un peu en retrait.

— Et je reconnais Sophie ! Bonjour, je m'appelle Alix Aster.

— Sophie Owusu.

— L'ado de mon employée est une grande fan de Nozinabook...

Sentant que la célébrité mondiale de Liam va se confirmer, Sophie plisse les lèvres.

— ... et elle nous a montré la vidéo avec le *sporran*.

C'était amusant. Je ne connaissais pas.

— Elle a réussi à te convertir à *Innlander* ? demande Jérôme.

— C'est vrai que la plastique de l'acteur... euh, l'intrigue est intéressante.

Oubliant de rester sur ses gardes face à cette inconnue, Sophie part d'un petit rire qu'elle dissimule derrière sa main.

— Alix est éditrice dans une maison indépendante, lui dit alors Mme Michel.

— Dans une *petite* maison. On édite surtout de la poésie et des essais, et on diffuse une revue trimestrielle. Jérôme y a déjà publié quelques articles, achève Alix avec un geste gracieux de la main en direction du jeune homme.

— Je lui ai parlé de toi, poursuit l'institutrice. Je lui ai dit que tu t'apprêtais à décrocher ta licence et que tu recherchais un emploi dans le monde de l'édition.

— En effet...

Légèrement crispée, Sophie cherche ses mots.

Alix vient à son secours.

— Je serais ravie de t'aider.

Sophie se retient de protester en prétextant qu'elles ne se connaissent pas. Si les dernières semaines lui ont enseigné quelque chose, c'est bien de cesser d'ériger des murs.

— Je vous remercie, dit-elle sincèrement après avoir pris une grande inspiration.

— On peut se dire *tu*.

— C'est d'accord.

Très vite, Alix tire son portable de son sac pour qu'elles échangent leurs numéros alors que Sophie adresse un regard reconnaissant à Mme Michel.

— Je dois y aller pour réseauter un peu, mais on se recontacte rapidement, dit l'éditrice. On pourra peut-être aller prendre un café ensemble pour discuter des offres d'emploi.

— Merci beaucoup.

— De rien. Moi aussi, on m'a aidée quand j'ai commencé. Je ne fais que passer le relai. À bientôt.

Sophie la regarde partir avec la sensation que le monde entier lui appartient. Elle n'a plus l'impression d'être en cage, comme le soir où Bright était venu se dresser en travers de sa route pour l'obliger à se plier à sa volonté, ou lorsque la peur des rumeurs lancées par Mina contaminait tous ses échanges sociaux.

— Tu es contente ? demande Jérôme qui revient lui prendre la taille.

Quand il dépose un baiser sur sa tempe et que Mme Michel détourne pudiquement le regard, elle ferme les paupières.

— Plus que jamais. Je ne savais pas ce que ça faisait d'avoir autant de personnes qui se battent pour moi.

Elle repense à son père qui l'a poussée sous un bureau pour la protéger, mettant sa vie en péril pour lui permettre de survivre. L'image de sa chemise tachée de rouge ne s'effacera jamais de son esprit, mais elle ne la traumatise plus.

— J'ai toujours eu très peur de demander de l'aide, confie-t-elle. Mais plus maintenant !

Chapitre 23

Samedi 29 juin, esplanade de Fourvière

— Vous venez d'entendre l'histoire du paladin et de sa dame.

Vêtue d'un costume de page multicolore, Héméra joue quelques notes sur sa guitare tout en déclamant des vers.

Son pourpoint lui ayant ôté tous ses airs de touriste norvégien, Nico est penché sur le corps de Morrigan étendu à même le sol.

Le silence revient, immédiatement brisé par les applaudissements quand les acteurs reprennent vie et se redressent, venant saluer la foule au rythme de la mélodie enjouée de la guitare.

Sophie tape de toutes ses forces dans ses mains et sourit quand Jérôme met les siennes en porte-voix pour pousser des vivats.

Quand elle lui donne un petit coup de coude espiègle, il lui renvoie un large sourire.

La jeune femme s'immobilise quand elle reconnaît parmi la foule une poignée de visages familiers.

— Excuse-moi, je dois aller dire bonjour à quelqu'un.

Elle s'éclipse et traverse l'esplanade pour aller rejoindre deux de ses cousines. Entre elles, leur frère Bright lui oppose un visage fermé.

— Vous avez fait le trajet depuis la Tête d'Or pour voir la pièce ?

— Non, on est venus retrouver des amis, répond sa cousine Ashanti. On ne savait pas qu'il y avait une représentation.

— Tu les connais, ces gens-là ? demande Bright du bout des lèvres.

Lui en voulant toujours pour leur dernière confrontation, Sophie se fait violence pour lui répondre poliment.

— Oui, on a travaillé ensemble pour le Festival des arts vivants.

— Je t'ai vue à la télévision, reprend Ashanti. C'est super pour toi.

— Merci. C'était une opportunité géniale. Maintenant, le tout est de ne pas planter mes partiels. C'est la semaine prochaine.

— Je suis sûre que tout ira bien.

Sophie acquiesce et coule un regard par-dessus son épaule.

Les acteurs se sont mêlés à la foule pour discuter et Morrigan fait circuler des boissons dans des verres en plastique.

— On se revoit un autre jour ? Je vais rejoindre mes amis.

Ashanti et sa sœur hochent la tête, mais Bright pince les lèvres.

— Tu poses toujours pour des photos ?

— Ça ne te regarde pas.

— Bien sûr que…

— Si ça ne vous dérange pas, je vais y aller, dit Sophie d'une voix tranchante avec un dernier salut avant de tourner les talons.

Même si elle ne possède pas de preuves qu'il s'agit bien de Mina, elle en voudra toujours à la personne qui l'a caftée à sa famille. Avec un bref frisson d'angoisse, elle remercie le ciel que son père et son frère ne soient pas violents.

À grandes enjambées, elle part rejoindre Morrigan, assise sur un muret. La jeune femme, qui sirote une boisson à l'orange, tapote la place à côté d'elle et Sophie s'installe volontiers.

— C'était bien ce matin, dit l'actrice.
— Oui, c'était pas mal.
— On déjeune ensemble ?
— Je ne sais pas, il faut que je demande à Jérôme.

Morrigan lui sourit, mais baisse aussitôt la tête pour dissimuler son expression. Quand elle la relève, elle plisse légèrement les lèvres.

— On dirait que tout va bien entre vous.
— C'est inespéré.
— Je m'en doute. Tu courais toujours partout sans accepter de te poser nulle part.

Quelques semaines auparavant, Sophie aurait pris la mouche en entendant cette vérité sur elle. Elle patiente pendant quelques secondes, soulagée quand la colère ne se fait pas ressentir.

— J'ai effectué un travail sur moi, admet-elle enfin.
— Sage décision. Je devrais peut-être faire pareil.
— À propos de tes ambitions professionnelles, comme tu me le disais la dernière fois ?
— Entre autres.

Morrigan baisse à nouveau les yeux et joue avec le verre qu'elle tient à la main.

— J'ai eu l'occasion de réfléchir ces dernières semaines. J'ai passé beaucoup de temps seule.
— C'est vrai, je ne t'ai pas croisée. Mais j'ai pensé que c'était parce que tu étais… occupée.
— Avec Cylian ? Non. On a rompu.

Sophie n'a pas l'impolitesse de lui faire remarquer qu'elle sortait avec un homme marié, car cela ne la regarde pas. Si elle a tiré un enseignement de cette histoire observée de loin, c'est bien la confirmation qu'elle-même est profondément monogame et engagée sur la durée.

— Ça t'a choquée, je le vois bien, souffle Morrigan.

— Le ciel ne m'est pas tombé sur la tête, mais oui, ça m'a choquée. Je passe peut-être trop de temps le nez dans des romances. Je dois certainement percevoir l'amour comme quelque chose que l'on construit ensemble, sans détruire la vie d'une tierce personne. C'est peut-être mièvre ou naïf.

— Non. Tu as raison. Cylian et moi avons décidé de mettre notre relation en sourdine à cause de ses enfants. Tristement, c'est la discussion la plus profonde qu'on ait eue en un an et demi de relation.

Un an et demi ?

Voyant que ce constat fait le même effet à son amie qu'un poignard enfoncé en plein cœur, Sophie est déterminée à ne pas la juger et lui passe un bras autour des épaules.

— Je te soutiens, dit-elle, mais c'est vrai que ses enfants méritent de grandir sans l'incertitude de voir leur foyer familial voler en éclats.

Morrigan hoche la tête et se force à sourire.

— Revenons sur Jérôme et toi.

— Ça suit son cours.

— Ça fait deux ans qu'il était transi.

Ce terme vieillot amuse Sophie.

— J'érigeais trop de murailles autour de moi pour permettre à quiconque d'entrer.

— On ne peut pas avancer dans la vie en ayant toujours peur, Sophie.

— Je sais. Je l'ai enfin compris. Quand je vois tout ce qui m'est arrivé ces derniers mois. L'aide qu'on m'a apportée, mon réseau... Je regrette de n'avoir pas essayé d'apprendre à faire confiance plus tôt.

— Ça demande de lâcher prise et de sauter le pas.

— Avancer à l'aveuglette n'a jamais été mon fort.

— Mais tu connais Jérôme depuis tout ce temps...
— Oui.
— Tu sais qu'il ne cherchera jamais à te faire du tort, non ?
— J'en ai conscience. Il fait ressortir ce qu'il y a de mieux en moi.

Elle se tourne vers lui, en pleine discussion avec Héméra et Jésus. Le soleil de juin fait briller ses prunelles noisette.

Elle lève les yeux vers le ciel dégagé émaillé de rares nuages diaphanes.

Ça ne remplacera jamais la chaleur de son enfance, mais son âme sublimée résonne à présent au diapason de ce bleu profond, étape ultime du processus quasi alchimique qui s'est opéré en elle au cours des derniers mois.

Au sommet de la basilique, veillant sur eux, la Vierge dorée rutile de mille feux.

Épilogue

Mercredi 31 juillet, leur appartement

— Tu refuses de l'admettre ?

Accroupi sur le plancher patiné du salon, Jérôme tranche d'un coup de cutter le ruban adhésif d'un grand carton brun. Son pantalon de yoga aux couleurs criardes fait tache dans le décor bourgeois.

— Bon, je te l'accorde, répond Sophie. Je n'ai plus de palpitations depuis que j'ai arrêté le café.

Il lève un poing victorieux pour la défier alors qu'elle se tient debout devant le canapé en velours.

Les mains sur les hanches, elle observe le cadre calé contre les coussins. Entourée par une bande blanche qui fait ressortir ses teintes dorées, la reproduction photo représente sa silhouette sur un fond doré.

Jérôme se redresse avec la grâce d'un félin et vient enrouler les bras autour de sa taille par-derrière. Attendrie, elle lève une main pour lui caresser les cheveux quand il frotte son nez contre son cou. En tournant la tête pour le regarder, elle voit que la photo se reflète dans ses prunelles et souligne l'éclat de ses yeux noisette.

Elle aurait envie d'y plonger pour y nager pendant des heures entières, mais il s'éclaircit la gorge.

— J'aime beaucoup, dit-il en désignant le cadre. C'est une couleur qui te va bien.

— Merci.

Il dépose un baiser sur la courbe de son épaule.

— Tu veux qu'on l'accroche ici, dans le salon ? Elle mérite d'être mise en lumière. Tu vas voir, d'ailleurs, il y a une luminosité fantastique le matin pendant quasiment toute l'année.

— Oui, j'ai déjà remarqué.

Elle est installée chez lui – chez eux – depuis une semaine et demie, ne se rendant désormais dans sa chambre de bonne que pour boucler ses derniers cartons. Entretemps, elle a eu l'occasion de passer plusieurs matinées assise à la petite table placée près de la fenêtre ou bien lovée sur les coussins du canapé, un livre entre les mains. Les hautes fenêtres à grands carreaux laissent la lumière se déverser à l'intérieur de l'appartement Belle Époque déjà encombré de centaines de livres. D'innombrables carnets, crayons gris et stylos jonchent quasiment toutes les surfaces.

En découvrant la pièce, elle avait eu l'impression d'entrer chez Cendre, abstraction faite de l'absence de couvertures synthétiques, de bougies d'ambiance et du parfum de la cannelle.

Le premier matin, attablée devant son ordinateur afin de régler les derniers détails de son CDD, elle avait soudain senti une vague de chaleur inonder son visage. Dans l'appart qu'elle partage à présent avec son amoureux, elle a retrouvé le soleil qu'elle aime tant !

Jérôme la tire de sa rêverie.

— Tu ne regrettes pas ?

— D'avoir arrêté le café ? Absolument pas. J'ai moins de tremblements et j'arrive à m'endormir sans problème.

— Hmm…

Toujours dans ses bras, elle se contorsionne pour le regarder en face alors qu'il détourne les yeux d'un air gêné.

— Tu voulais parler de mon emménagement ?

— Oui. Tout est nouveau pour toi. Je ne voudrais pas te freiner. C'est une période charnière de ta vie.

— Tu ne me freines absolument pas. Je suis heureuse de pouvoir entamer cette nouvelle période avec toi.

Se repassant en accéléré le film des derniers mois, elle

sait qu'elle le pense vraiment.

— J'ai envie de vivre tout ça avec toi.

— Mais tu as toujours été si indépendante !

— Tu crois ? J'ai plutôt toujours tenu à distance ceux qui voulaient m'aider et je me suis morfondue dans ma tour d'ivoire, dit-elle, surprise de ne pas entendre d'amertume dans sa propre voix.

— Ne te fais pas trop de reproches.

Ils s'écartent l'un de l'autre ; leurs mains sont les dernières à se séparer.

— On déballe d'abord tes affaires pour voir la place que ça prend ? Ou bien tu veux monter les étagères et la table en premier ? demande Jérôme en pointant le menton vers deux cartons blancs calés contre le mur du couloir.

Faisant un état des lieux, Sophie se décide pour les meubles IKEA et cherche le cutter du regard.

— Je crois qu'on devrait monter les meubles avant de tout déballer.

— Oui, c'est mieux. C'est déjà suffisamment le bordel.

— Tu as besoin que je t'aide à porter les étagères ?

Il secoue la tête et va rapidement récupérer les cartons.

— Tu veux toujours qu'on les installe ici et qu'on colle le bureau de ce côté-là ? demande-t-il avec de grands gestes.

Assaillie par le souvenir de la danse gracieuse de ses mains chaque fois qu'elle l'a vu déclamer des vers sur le parvis, Sophie n'en revient toujours pas de la chance qu'elle a. Ou bien est-elle simplement parvenue à retrouver la sortie de son labyrinthe intérieur avec assez de confiance en elle pour laisser sa personnalité émerger au grand jour ?

— Je veux que tu aies ton propre endroit où travailler, poursuit-il.

— Oh, ne m'en parle pas. J'ai vraiment hâte de commencer !

Depuis qu'Alix l'a aidée à trouver un CDD au département des manuscrits d'une petite maison d'édition, elle ne tient plus en place.

— Et je pourrai voir une version de toi « dégothisée » tous les jours, plaisante Jérôme.

Avec un sourire, Sophie se remémore sa tenue pour l'entretien d'embauche : un maquillage discret, un jean noir fin et un haut à paillettes. Son reflet dans la vitrine d'une boutique l'avait surprise plus que n'importe laquelle de ses campagnes publicitaires photoshoppées.

— Je garderai toujours mes préférences esthétiques, mais je dois apprendre à faire tomber les masques. Sur ce, je vais mettre un peu de musique pour nous donner du cœur à l'ouvrage.

— Pas trop fort, s'il te plaît. J'ai les oreilles encore toutes retournées par l'intégrale des Merry Thoughts.

— Ne t'inquiète pas, je me sens dans l'ambiance chanson française. En hommage à Mamie Léontine.

À grands coups de cutter, Jérôme a ouvert un des colis IKEA et il commence à déballer les planches et le petit sachet en plastique contenant la visserie.

— Il faudra la remercier pour… euh, les pantalons de yoga.

Il baisse les yeux vers sa tenue.

— Je lui ai mis cinq étoiles sur sa boutique en ligne, répond-elle.

— Ça les vaut largement. Disons que c'est unique en son genre. Je crois que même Morrigan n'enfilerait pas une chose pareille.

Sophie pouffe alors qu'une voix légèrement nasillarde envahit la pièce.

« *L'air de rien, tu te révoltes et tu remets tout en question.* »

— Yves Duteil ? Vraiment ? demande Jérôme en reconnaissant la mélodie.

« *Dans ton cœur, un labyrinthe s'est fait malgré toi.* »

Sophie lui tire la langue et se met à se dandiner en agitant les poings pour évoquer des maracas.

Tenant un outil d'assemblage à la main, Jérôme place un bras au-dessus de sa tête tel un danseur de flamenco.

Ils s'avancent l'un vers l'autre en dansant quand la sonnerie du portable de Sophie les interrompt.

Gardant le rythme, elle se baisse pour récupérer son téléphone sur la table basse et décroche sans attendre quand elle reconnaît le nom de Cendre.

— *Ash*, comment ça se passe en Écosse avec ton homme ?

Elle s'apprête à souffler à Jérôme qu'elle est partie pour un bon quart d'heure de discussion quand elle se crispe. La panique dans la voix de son amie la fait se précipiter vers le lecteur MP3 pour éteindre la musique.

Jérôme baisse les bras et fronce les sourcils.

— Cendre, qu'est-ce qui ne va pas ? demande Sophie d'une voix blanche.

Au bout du fil, les mots entrecoupés de sanglots sont incompréhensibles.

— Quoi ? Qu'est-ce qui est horrible ?

Elle adresse une mimique dubitative à Jérôme pour lui indiquer qu'elle est tout aussi perdue que lui. Mais alors qu'elle secoue la tête, ses yeux s'écarquillent et elle pâlit.

Venant enfin de déchiffrer les exclamations plaintives de Cendre, elle plaque une main sur sa bouche.

Instantanément, elle est projetée en arrière, cachée sous le bureau de l'usine, seule devant son père tombé sous les balles des terroristes.

Tel un fanal dans sa nuit intérieure, Jérôme la saisit par

les bras pour lui éviter de sombrer. Elle se raccroche à son regard alors que deux grosses larmes roulent le long de ses joues.

Sophie sait qu'elle-même ne perdra plus jamais pied, mais alors qu'elle souffle à Jérôme ce que Cendre vient de lui apprendre, ils peuvent quasiment entendre, malgré la distance, le cœur de Liam se briser en mille morceaux.

Qu'est-il arrivé à Liam et Cendre ? Tu retrouveras le couple dans *Kintsugi*, le tome 3 de la série « Sauter le pas ».

Gardons le contact ! Connecte-toi sur mon site ou mon profil sur Instagram :

Site
http://www.oliviasauveterre.com

Instagram
http://www.instagram.com/oliviasauveterre/